Lucy Daniels

Jody und die Delfine

Rettung auf Jamaika

Band 5

Lucy Daniels

Lucy Daniels wuchs in Yorkshire (England) auf.
An der Universität studierte sie englische Literatur.
Seit einigen Jahren ist sie freiberufliche
Schriftstellerin und schreibt oft Kinderbücher,
in denen Tiere eine Hauptrolle spielen.
Sie lebt mit ihrem Hund und ihren zwei Katzen
in West-London.

Lucy Daniels

Jody und die Delfine

Rettung auf Jamaika
Band 5

Aus dem Englischen von Christine Gallus

Ravensburger Buchverlag

Deutsche Erstausgabe
als Ravensburger Taschenbuch
Band 52218
erschienen 2002

Die Originalausgabe erschien 2001
unter dem Titel „Dolphin Diaries – Chasing the Dream“
bei Hodder Children’s Books, London

Created by Working Partners Limited, London W6 0QT

Umschlagillustration: Paul Young

Printed in Germany

**Die Schreibweise entspricht
den Regeln der neuen Rechtschreibung.**

5 4 3 2 1 06 05 04 03 02

ISBN 3-473-52218-X

www.ravensburger.de

Kapitel eins

14. September, nachmittags im Delfinland
Ich sitze am Delfinbecken und bin ein bisschen traurig, weil ich mich von Missy und Merlin, Evie und Morgenrot, Bella und Lola verabschieden muss. Am liebsten würde ich noch hier bleiben und miterleben, wie die Jungen größer werden. Alicia und Dan haben versprochen, uns auf dem Laufenden zu halten und uns regelmäßig Fotos zu schicken. Ich werde sie trotzdem schrecklich vermissen. Ich bin froh, dass ich bei Merlins und Morgenrots Geburt dabei sein durfte und werde mich ihnen immer auf eine ganz besondere Weise verbunden fühlen …

Jody McGrath hielt inne und blickte von ihrem Tagebuch auf. Ihr Blick glitt langsam übers Wasser. Das Delfinbecken, hier im Delfinland auf den Bahamas, war von der großen Lagune durch einen Zaun abgetrennt. Normalerweise hielten sich die Delfine in der natürlichen Bucht auf. Doch im Moment fühlten sich die jungen Mütter – allesamt Große Tümmler – in dem geschützten Becken sicherer. Und da konnten die Mitarbeiter des Delfinariums die neu geborenen Kälber besser im Auge behalten.

In den vergangenen vier Wochen hatten die McGraths und ihre Crew der *Dolphin Dreamer* bei der Betreuung der Delfine mitgeholfen und gleich mehrere aufregende Delfingeburten miterlebt. Jetzt war es an der Zeit weiterzusegeln.

Jodys Eltern, Craig und Gina McGrath, waren Meeresbiologen. Sie leiteten ein Forschungsprojekt namens „Planet Delfin". Dabei reisten sie um die ganze Welt, um das Verhalten von Delfinen zu erforschen. Manchmal konnte Jody es immer noch nicht fassen, was für ein Glückspilz sie war!

Missy glitt langsam mit ihrem Kalb Merlin an ihr vorüber. Das Delfinbaby schwamm so dicht neben seiner Mutter, als wären die beiden zusammengewachsen. Merlin tauchte gleichzeitig mit seiner Mutter auf, um Luft zu holen. Seine Schwimmbewegungen wirkten noch etwas unbeholfen im Gegensatz zu den anmutigen Bewegungen seiner Mutter. Ein Lächeln huschte über Jodys Gesicht. Der Kleine muss noch viel lernen, dachte sie.

Evie und ihr Kalb Morgenrot waren ganz in der Nähe. Die Delfinmutter lag regungslos im Wasser, während Morgenrot an ihrer Zitze saugte.

Bella und Lola umkreisten die beiden langsam. Sie passten auf, dass sie keiner störte. Jody wusste, dass Delfinmütter in der freien Natur von anderen Delfinweibchen unterstützt wurden. Die „Tanten" hielten Raubtiere fern und spielten den Babysitter, wenn die Mutter jagte oder sich ausruhte. Hier im Delfinland waren die Delfine zwar völlig sicher, doch Bella und ihre erwachsene Tochter nahmen ihre Aufgabe trotzdem sehr ernst.

„Du wirst die Kleinen ganz schön vermissen, was?" Die Stimme ihres Vaters riss Jody aus ihren Gedanken. Sie drehte sich um. Ihre Eltern blickten lächelnd zu ihr hinunter.

Sie stand auf. „Ja, es fällt mir ziemlich schwer, mich von ihnen zu trennen", sagte sie wehmütig.

„Ich weiß, mein Schatz." Ihre Mutter drückte sie kurz an sich. „Aber auf unserer Reise werden wir bestimmt noch vielen anderen Delfinen begegnen."

Jodys Miene hellte sich wieder auf. Sie erwiderte das Lächeln ihrer Mutter.

Sie konnte einen immer aufmuntern.

In diesem Moment war die Stimme von Alicia Levy zu hören. Sie und ihr Mann Dan leiteten das Delfinland.

Jody drehte sich neugierig um. Alicia war in Begleitung einer jungen Frau, die Jody zum ersten Mal sah.

„Craig, Gina, Jody …", begann Alicia. „Das ist Luisa Suárez vom Verband zum Schutz der Wale und Delfine." Sie wandte sich zu der Besucherin um. „Luisa, das sind Doktor Craig und Gina McGrath und ihre Tochter Jody vom Forschungsprojekt ‚Planet Delfin'."

Die schlanke junge Frau mit den kurzen, glänzenden schwarzen Haaren stieß einen kleinen Schrei aus. „‚Planet Delfin'! *Ay mi!* Davon habe ich schon viel gehört. Sie haben eine fantastische Website!" Sie schenkte ihnen ein strahlendes Lächeln.

Gina lächelte ebenfalls. „Das freut mich. Danke!"

Jody wunderte sich ein bisschen. Alicia und Dan hatten gar nicht erwähnt, dass sie heute Besuch erwarteten.

„Ist das ein offizieller Besuch?", fragte Craig. Anscheinend hatte er sich gerade die gleiche Frage gestellt.

„Na ja, sagen wir mal halb offiziell", antwortete Luisa lächelnd. „Ich habe mich spontan zu einem Besuch entschlossen, obwohl es im Moment keinen Anlass zu einer Inspektion gibt. Ich war gerade auf einer Konferenz in Nassau und hab gehört, dass hier Junge zur Welt gekommen sind …" Sie hob die Hände. „Ich muss gestehen, dass ich ganz vernarrt in Tierbabys bin", sagte sie mit einem verschmitzten Lächeln, „und ich habe noch nie so junge Delfine gesehen. Deshalb dachte ich mir, ich schau einfach mal vorbei und sehe nach, wie es den Kleinen geht.“

Sie wandte sich zu Alicia um und fuhr fort: „Das Delfinland hat einen ausgezeichneten Ruf. Ich bin sicher, dass hier alles in bester Ordnung ist.“ Ihr Lächeln verschwand wieder. „Leider kann man das nicht von allen Delfinarien behaupten.“

„Dann wollen wir Sie nicht länger von Ihrer Arbeit abhalten“, sagte Craig mit einem freundlichen Lächeln. „War nett, Sie kennen zu lernen. Wir müssen jetzt leider los …“

Luisa machte ein enttäuschtes Gesicht. „Wie schade. Müssen Sie wirklich sofort aufbrechen? Ich hätte mich noch gerne ein bisschen über Ihr Forschungsprojekt unterhalten.“

Jodys Eltern tauschten einen kurzen Blick aus.

„Tja, wenn das so ist, dann bleiben wir natürlich noch ein wenig“, sagte Craig. „Dann können Sie uns auch etwas über die neuesten Projekte Ihres Verbands erzählen. Ich schlage vor, wir gehen schon mal in die Küche und kochen Kaffee und Sie kommen nach, sobald Sie mit der Inspektion fertig sind.“

„Das ist eine gute Idee“, antwortete Luisa, während Alicia lächelnd nickte.

„Dann bis später“, sagte Gina. Sie wandte sich zum Gehen um. „Jody?“

Jody zögerte. Sie trennte sich nur ungern von den Delfinen.

Alicia sah sie verständnisvoll an und lächelte ihr zu. „Hast du Lust mitzukommen?“, schlug sie vor.

Jody strahlte übers ganze Gesicht. „Ja, gerne. Danke!“

Luisa trat ans Becken und machte ein paar Fotos von den Delfinen. „Dürfen die Besucher zu den Delfinen ins Wasser?“, erkundigte sie sich.

„Zu diesen hier nicht“, antwortete Alicia entschieden. „Bei einigen unserer Delfine erlauben wir ‚persönliche Begegnungen‘, allerdings nur unter strenger Aufsicht. Aber die Kälber brauchen besondere Fürsorge. Wir wollen ihre Gesundheit auf keinen Fall gefährden. Wenn sie sich weiterhin so gut entwickeln, werden wir in ein paar Wochen auch Besucher zulassen … Dann dürfen sie die Delfinjungen im Delfinbecken beobachten, aber natürlich nicht anfassen.“

Nachdem sich Luisa alles genau angesehen hatte, lächelte sie zufrieden. Sie erklärte, die Delfine seien hier in guten Händen. „Ich träume von einer Welt, in der überhaupt keine Delfine und Wale in Gefangenschaft gehalten werden“, erzählte sie. „Doch bis dieser Traum in Erfüllung geht, bin ich froh, wenn die Tiere so gut behandelt werden wie hier.“

Alicia nickte. „Danke“, antwortete sie. „Wissen Sie, die Delfine sind für uns mehr als nur ein Job ... Sie sind unser Leben. Dan und ich lieben sie, als wären es unsere eigenen Kinder.“

„Ja, das sieht man“, sagte Luisa leise. Sie lächelte. „Und jetzt freue ich mich auf eine Tasse Kaffee.“

Alicias Mann Dan saß mit Craig und Gina in der großen, hellen Küche.

„Ihr kommt gerade noch rechtzeitig“, begrüßte er sie und stellte einen Teller mit Heidelbeer-Muffins auf den Tisch.

„Sonst hättet ihr die hier ohne uns aufgegessen?“, erwiderte Alicia augenzwinkernd. Sie stellte ihrem Mann Luisa vor und erzählte von ihrem Rundgang.

Jody setzte sich neben ihre Mutter auf einen Stuhl und nahm sich einen Muffin.

„Mmm, der Kaffee duftet aber gut“, sagte Luisa und atmete genüsslich ein.

„In diesem Fall bekommen Sie von mir eine extragroße Tasse“, erklärte Dan lächelnd und griff nach der Kaffeekanne. „Craig und Gina haben erzählt, dass Sie gerade auf einer Konferenz in Nassau waren. Haben wir da etwas Wichtiges verpasst?“

Luisa schüttelte den Kopf. „Nein, nein. Es sei denn, Sie interessieren sich für die Bestimmungen zur internationalen Luftfracht“, antwortete sie lächelnd.

„Ich kann mir Spannenderes vorstellen“, erwiderte er grinsend. Er sah sie fragend an. „Ich dachte, die Konferenz hätte etwas mit Delfinen zu tun. Was haben *Sie* dann da gemacht?“

„Ich habe einen Vortrag über den artgerechten Transport von Tieren im Flugzeug gehalten“, erklärte Luisa. „Angefangen von Haustieren über Nutztiere bis hin zu wilden Tieren, einschließlich Delfine. In letzter Zeit ist es leider immer wieder vorgekommen, dass Delfine nicht artgerecht transportiert wurden. Ich hab ganz kurzfristig erfahren, dass ich da hinfahren und über das Thema sprechen soll.“

„Sie scheinen sich ja auf kurzfristige Aktionen zu spezialisieren“, meinte Alicia lächelnd.

Luisa schnitt eine Grimasse. „Allerdings … das muss ich jetzt wahrscheinlich teuer bezahlen. Bestimmt muss ich eine Ewigkeit am Flughafen warten, bis ich ein billiges Stand-by-Flugticket nach Kingston bekomme.“

„Nach Kingston?“, wiederholte Craig. „Das heißt, Sie wohnen auf Jamaika?“

Luisa nickte. „Gewissermaßen, ja“, antwortete sie. „Eigentlich bin ich Mexikanerin und komme aus Mexico City. Aber zur Zeit überwache ich das Gebiet zwischen

Kuba, Haiti und Jamaika. Mein Boot, das heißt das des Verbands, liegt vor der Nordwestküste Jamaikas vor Anker. Und das Boot ist zurzeit mein Zuhause."

„Wissen Sie", sagte Craig nachdenklich. „Unsere Reiseroute führt direkt an Jamaika vorbei."

Gina nickte zustimmend. „Natürlich wird es drei oder vier Tage dauern, bis wir dort sind. Das heißt, wenn Sie es sehr eilig haben, sollten Sie lieber fliegen. Ansonsten nehmen wir Sie gerne mit", bot sie lächelnd an.

„Dann können wir Sie sogar direkt zu Ihrem Boot bringen", fügte Craig hinzu.

Luisa starrte die McGraths mit offenem Mund an. „Das würden Sie für mich tun? Einfach so? Obwohl Sie mich überhaupt nicht kennen?", fragte sie verdutzt.

„Meine Eltern sind manchmal auch ziemlich spontan", meinte Jody grinsend.

Gina schüttelte lachend den Kopf. Sie wandte sich wieder zu Luisa um. „Wissen Sie, wir haben Sie zwar gerade erst kennen gelernt, aber die Arbeit vom Verband zum Schutz der Wale und Delfine ist uns sehr wohl ein Begriff."

„Und wir würden gerne mehr darüber erfahren", fügte Craig hinzu. „Bis jetzt hat unser Forschungsprojekt nämlich noch nicht so viel Unterstützung von anderen Tierschutzgruppen bekommen, wie wir am Anfang der Reise gehofft hatten."

„Sie würden uns also auch einen Gefallen tun“, sagte Gina. „Auf See können Sie uns in aller Ruhe von Ihrer Arbeit erzählen und einen Beitrag zu unserem Forschungsprojekt leisten.“

„Ich warne Sie aber“, meinte Luisa augenzwinkernd. „Wenn ich erst mal angefangen habe, über meine Arbeit zu reden, höre ich nicht mehr so schnell auf.“

„Keine Sorge“, meinte Craig grinsend. „Wir wehren uns schon.“

„Dann nehme ich Ihr großzügiges Angebot gerne an!“ Luisas warme braune Augen glänzten. Sie stellte ihre leere Kaffeetasse auf dem Tisch ab und stand auf. „Wann segeln wir los?“

Eine Stunde später erreichten Jody, ihre Eltern und Luisa den Hafen, in dem die *Dolphin Dreamer* vor Anker lag. Unterwegs hatte Luisa mehrere Anekdoten über ihre Arbeit für den Verband zum Schutz der Wale und Delfine zum Besten gegeben. Jody war sich sicher, dass die nächsten Tage mit Luisa an Bord bestimmt nicht langweilig werden würden.

Sean und Jimmy, Jodys acht Jahre alte Zwillingsbrüder, spielten an Deck. Sie stürmten zu ihnen, als sie an Bord kletterten.

„Hallo, Dad, Harry hat gesagt …“ Jimmy hielt mitten im Satz inne, als er Luisa sah. „Wer ist das denn?“, fragte er.

„Das ist Luisa Suárez“, antwortete Mr McGrath.

„Luisa, das sind unsere Söhne Sean und Jimmy“, fügte Gina hinzu. Dann wandte sie sich an die Jungs: „Wir nehmen Luisa ein Stück mit.“

Jimmy machte ein nachdenkliches Gesicht. „In Ordnung“, entschied er schließlich großmütig. Sein Zwillingsbruder nickte zustimmend.

„Wo ist Harry?“, wollte Craig wissen.

„Die sind alle unter Deck“, antwortete Jimmy. „Wir halten währenddessen Wache, damit keine Piraten unser Schiff entern.“

„Da bin ich ja beruhigt“, meinte Craig schmunzelnd, ehe er mit den anderen durch die Luke unter Deck kletterte.

Im Salon saß Maddie am Laptop und arbeitete. Als sie eintraten, blickte sie auf.

„Maddie, das ist Luisa Suárez“, begann Gina. „Luisa, darf ich Ihnen vorstellen: unsere unersetzbare Assistentin Maddie.“

„Freut mich, Sie kennen zu lernen“, sagte Luisa und streckte ihr die Hand entgegen.

Maddie stand auf und schüttelte sie. *„Con mucho gusto“*, antwortete sie höflich auf Spanisch.

Luisa lächelte erfreut und antwortete gleich mit einem Schwall Spanisch. Jody verstand nur noch Bahnhof. In der Schule lernte sie erst seit einem Jahr Spanisch. Maddie hingegen schien alles zu verstehen und die beiden unterhielten sich angeregt.

Plötzlich hielt Luisa mit schuldbewusster Miene inne. „Oh, wie unhöflich von mir. Ich glaube, wir unterhalten uns lieber auf Englisch, damit uns alle verstehen können. Ich habe mich nur so gefreut, mal wieder meine Muttersprache zu hören."

„Sie sprechen wirklich ganz ausgezeichnet Englisch", meinte Gina anerkennend. „Craig und ich haben an der Uni ein paar Brocken Spanisch gelernt, aber das ist schon eine Ewigkeit her."

„Und ich hab seit einem Jahr Spanisch in der Schule", meldete sich Jody zu Wort.

„Na dann hast du ja jetzt einen Grund mehr dich anzustrengen", meinte Maddie augenzwinkernd. Dann fuhr sie an Luisa gewandt fort: „Ich habe nämlich unter anderem die Ehre, Jody, Brittany, Sean und Jimmy zu unterrichten, während sie nicht zur Schule gehen können."

„Brittany?", wiederholte Luisa und sah Jody fragend an. „Ist das deine Schwester?"

Jody schüttelte hastig den Kopf. „Nein, das ist Harrys Tochter. Harry ist unser Kapitän."

„Redet ihr über mich?“ Hinter ihnen erklang die vertraute, tiefe Stimme des Kapitäns. Alle drehten sich um. Harry Pierce betrat mit einem Lächeln auf seinem bärtigen, wettergegerbten Gesicht den Raum. Ihm folgte ein sportlicher, gut aussehender junger Mann. Es war der Schiffsmaat Cameron Tucker.

Craig stellte den Männern Luisa vor und berichtete von den neuen Plänen.

Harry nickte nachdenklich. „Kein Problem. Jamaika liegt genau auf unserer Route zu den Kleinen Antillen. Dann kann's jetzt ja losgehen!“

Kapitel zwei

Jody fand Brittany in der Kabine, die sie miteinander teilten. Die Tochter des Kapitäns lag auf ihrer Koje und tippte etwas am Laptop, den sie beide für ihre Schularbeiten benutzten.

„Hallo Brittany, kann ich bitte mal kurz an den Computer?“, fragte Jody.

Brittany schüttelte den Kopf, ohne den Blick vom Bildschirm zu wenden. „Du siehst doch, dass ich gerade etwas schreibe!“

„Nur eine Minute. Ich will nur noch schnell meine Mails abfragen, bevor wir lossegeln“, erklärte Jody.

Das Mädchen schüttelte noch mal ungeduldig den Kopf. „Das geht jetzt nicht. Maddie will, dass ich das hier mache.“

Jody knabberte genervt an ihrer Unterlippe. „Bitte, Brittany. Ich muss unbedingt noch online gehen, ehe wir aufbrechen“, sagte sie. „Und in ein paar Minuten wird die Leitung unterbrochen.“

„Dein Problem. Du musst dich schon gedulden, bis ich fertig bin“, gab Brittany schnippisch zurück.

Das war wirklich zu viel. Jody runzelte die Stirn. „Hör mal, eigentlich ist das mein Computer, falls du das vergessen haben solltest …“

„Nein, hab ich nicht!“ Brittany richtete sich auf und sah sie wütend an. „Trotzdem danke, dass du mich immer wieder daran erinnerst! Dein Computer, deine Kabine. Alles hier gehört dir!“ Ihre grauen Augen glänzten vor Selbstmitleid.

„Das stimmt nicht“, sagte Jody unglücklich. Brittany konnte einem zwar ganz schön auf die Nerven gehen, aber sie tat ihr trotzdem Leid. Jody war so froh, dass sie ihre Eltern bei diesem Forschungsprojekt begleiten durfte. Brittany dagegen interessierte sich nicht besonders für Delfine. Sie war gezwungenermaßen mit ihrem Vater an Bord gekommen, nachdem ihre Mutter allein zu ihrem Verlobten nach Frankreich gefahren war. „Wir müssen uns die Sachen eben teilen“, sagte Jody bestimmt.

„Ich hasse es aber, meine Sachen mit anderen zu teilen“, beschwerte sich Brittany. „Zu Hause hatte ich meinen Computer und mein eigenes Zimmer und …“

„Ich auch“, fiel ihr Jody ungeduldig ins Wort.

Ihre Blicke trafen sich. Über Brittanys Gesicht huschte ein erstaunter Ausdruck. Ihr war anscheinend noch nie der Gedanke gekommen, dass außer ihr noch jemand einen Grund haben könnte, sich zu beschweren.

Sie lenkte plötzlich ein und schob den Laptop mit dem Bildschirm in Jodys Richtung. „Dann mach halt“, knurrte sie. „Ich hab sowieso keine Lust mehr auf diese blöden Hausaufgaben.“

Jody stellte erfreut fest, dass sie nicht nur eine lange E-Mail von ihrer besten Freundin Lindsay bekommen hatte. In der Mailbox war auch noch der wöchentliche Infobrief ihrer Schule in Florida. Sie speicherte beide Dokumente ab, damit sie sie später in aller Ruhe lesen konnte. Dann wandte sie sich wieder an Brittany: „Willst du auch noch schnell deine Mails abfragen?“, schlug sie vor. „Wir sind immer noch online.“

Brittany zuckte mit den Schultern. Mit gleichgültiger Miene zog sie den Computer zu sich und klickte auf die Maustaste. Ihre Miene hellte sich schlagartig auf. „Hey, meine Mutter hat mir geschrieben!“, rief sie.

Jody lächelte und schlüpfte leise aus dem Raum, damit Brittany den Brief in aller Ruhe lesen konnte.

An diesem Abend aßen sie zum ersten Mal seit langem wieder auf See zu Abend, während die *Dolphin Dreamer* sanft über das offene Meer glitt.

Bis auf Cam und Harry hatten sich alle um den großen Tisch im Salon versammelt. Die beiden Männer würden später zu Abend essen, wenn jemand anderes an Deck Wache hielt. Draußen wehte ein kräftiger, stetiger Wind und sie kamen zügig voran. Nach über drei Wochen auf dem Festland musste sich Jody erst wieder an das ständige Schaukeln an Bord gewöhnen. Harry hatte ihnen schon prophezeit, dass es wahrscheinlich ein paar Tage dauern würde, bis sie ihren „Seemannsgang" wieder draufhatten.

Dr. Jefferson Taylor ging vorsichtig über den schwankenden Schiffsboden und setzte sich an den Tisch. Als er Luisa Suárez entdeckte, riss er erstaunt die Augen auf. „Meine Güte, wer ist denn das?" Er blickte verwirrt in die Runde. Als er feststellte, dass er die anderen Gesichter alle kannte, schien er einigermaßen erleichtert.

„Entschuldigen Sie, Dr. Taylor", kam ihm Gina zu Hilfe. „Ich habe ganz vergessen, dass wir Sie einander noch gar nicht vorgestellt haben. Das ist Luisa Suárez. Sie arbeitet für den Verband zum Schutz der Wale und Delfine. Wir nehmen sie ein Stück mit und bringen sie zu ihrem Boot. Und solange sie bei uns an Bord ist, wird sie uns ein bisschen was über ihre Organisation erzählen. Das könnte für unser Projekt sehr hilfreich sein." Sie lächelte Luisa zu und fuhr fort: „Luisa, das ist Dr. Jefferson Taylor. Er arbeitet für PETROCO. Seine Firma ist der Hauptsponsor von ‚Planet Delfin'."

„Freut mich, Sie kennen zu lernen, Dr. Taylor", sagte Luisa. Sie schaute ihn neugierig an. „Und was genau ist Ihre Aufgabe an Bord der *Dolphin Dreamer*?"

Dr. Taylor rutschte unbehaglich auf dem Stuhl hin und her. „Ähm, also, wissen Sie ... meine Anwesenheit im Auftrag meiner Firma zeigt der Öffentlichkeit, dass PETROCO ein ... aktives ... Interesse an unserer Umwelt hat ..." Er runzelte unsicher die Stirn. Dann hellte sich seine Miene plötzlich auf. „Außerdem kann ich natürlich meine wertvollen wissenschaftlichen Erfahrungen beisteuern", fügte er hinzu.

„Aha. Sie sind bestimmt eine große Hilfe", murmelte Luisa höflich.

Jody biss sich auf die Unterlippe und unterdrückte ein Grinsen. In ihren Augen war Dr. Taylor völlig nutzlos. Doch PETROCO hatte darauf bestanden, dass einer ihrer Mitarbeiter die *Dolphin Dreamer* begleitete.

Mei Lin stellte eine Terrine mit duftendem Garnelen-Curry und eine große Schüssel Reis auf den Tisch. „Bitte bedient euch", forderte sie auf und setzte sich zu ihnen. Die Chinesin war nicht nur die Schiffsköchin, sondern auch die Maschinistin an Bord. Harry, der sie angestellt hatte, sagte immer, sie wäre eine geniale Mechanikerin. Jody hatte keinen blassen Schimmer von Motoren, aber das Essen der jungen Chinesin schmeckte einfach wunderbar.

Dr. Taylor stimmte ihr da sicher zu. Mit glänzenden Augen atmete er den köstlichen Essensgeruch ein. „Das wird Ihnen bestimmt schmecken", wandte er sich an Luisa und rieb sich strahlend die Hände. „Darf ich Ihnen etwas geben?"

16. September, nach dem Frühstück, Atlantik
Ostpazifischer Delfin (Stenella longirostris)
Ist das aufregend! Seit über zehn Minuten schwimmen mindestens fünfzig Ostpazifische Delfine neben uns her und vollführen übermütige Luftsprünge. Es ist das erste Mal, dass ich diese Delfinart sehe. Sie sind einfach wunderschön! Die Delfine haben einen dunkelgrauen Rücken, hellgraue Flanken und einen blassrosa Bauch. Sie sind ungefähr genauso groß und haben die gleiche Form wie Große Tümmler oder Fleckendelfine. Nur ihre Schnauzen sind länger und dünner.
Es ist wirklich verrückt, wie sie durch die Luft wirbeln. Bis jetzt dachte ich immer, dass Große Tümmler wirklich tolle Akrobaten sind, aber

So etwas habe ich noch nie gesehen. Und wie schnell sie sind! Sie schießen blitzschnell aus dem Wasser und drehen ihre schlanken Körper in der Luft – wie wild gewordene Ballerinas. Bei einem hab ich mal ganz genau aufgepasst und mitgezählt. Er hat sich sage und schreibe sieben Mal um seine eigene Achse gedreht, ehe er wieder ins Wasser eingetaucht ist.

Jody hielt inne und betrachtete versonnen die glänzenden Körper der Ostpazifischen Delfine, die neben der *Dolphin Dreamer* durchs Wasser zischten und einen Luftsprung nach dem anderen vollführten. Plötzlich spritzte ihr Salzwasser ins Gesicht. Sie hob schützend die Hände, damit ihr Tagebuch nicht nass wurde.

Gina stand nicht weit von ihr an der Reling und filmte die ganze Szene mit der Videokamera. Craig, Maddie, Luisa, Mei Lin und die Zwillinge verfolgten das Schauspiel ebenfalls mit glänzenden Augen. Nur Brittany und Dr. Taylor waren nicht an Deck.

Als Cam die Ankunft der Delfingruppe verkündet hatte, hatte Brittany nur mit gelangweilter Miene mit den Schultern gezuckt. Wahrscheinlich hatte sie mal wieder eine ihrer komischen Launen.

Dr. Taylor war zwar nach oben gekommen und hatte ein paar Minuten zugeschaut. Doch dann war er wieder unter Deck verschwunden. Bestimmt hatten ihn die letzten beiden knusprigen Croissants auf dem Tisch mehr interessiert als die Delfine.

Jody wollte die Tiere zuerst zeichnen, aber sie sparte sich die Mühe. Das Erstaunlichste an den Delfinen war ihre Beweglichkeit und die konnte sie sowieso nicht auf einem Bild festhalten. Sie stand auf und lehnte sich an die Reling. Die Delfinschule entfernte sich langsam von ihrem Boot und Jody blickte ihr sehnsüchtig hinterher.

Als sie die Tiere nicht mehr sehen konnte, setzte sie sich wieder hin und schrieb weiter:

Dad hat gesagt, Ostpazifische Delfine könnten viel tiefer als Atlantische Fleckendelfine tauchen und würden größere Gruppen bilden. Er hat schon Schulen mit hunderten Delfinen gesehen – vielleicht sogar tausend Tiere in einer Gruppe! Früher gab es viel mehr Ostpazifische Delfine als heute. Aber in den Siebzigern und Achtzigern wurden hunderttausende von ihnen von Tunfisch-Fangbooten getötet. Luisa hat gemeint, heutzutage wären Delfine zwar immer noch durch die Fischerei bedroht, aber die Situation hätte sich schon sehr gebessert, weil es mittlerweile Gesetze zum Schutz von Delfinen gibt. Das haben sie den Tierschützern

zu verdanken! Trotzdem wird sich die Population der Ostpazifischen Delfine vielleicht nie mehr von diesem schrecklichen Eingriff in das Ökosystem erholen.

„Na, Jody. Was schreibst du denn da?“

Luisas Stimme riss Jody aus ihren traurigen Gedanken. Sie sah auf. „Ich schreibe in mein Delfin-Tagebuch“, antwortete sie.

„Das ist ja eine tolle Idee!“, meinte Luisa begeistert.

„Seit wann interessieren Sie sich eigentlich schon für Delfine?“, fragte Jody neugierig.

„Ach, schon seit einer Ewigkeit. Ich war sogar noch jünger als du“, antwortete Luisa. „Als ich neun oder zehn Jahre alt war, haben mich meine Eltern zu einer Delfin-Show mitgenommen. Es war sozusagen Liebe auf den ersten Blick.“ Sie setzte sich neben Jody und fuhr fort: „Ich war überglücklich, dass ich diese wundervollen Lebewesen von nahem sehen konnte und sie streicheln und füttern durfte. Ich dachte, sie würden durch die Reifen springen, weil sie glücklich sind. Damals ahnte ich nicht, dass die Besitzer ihnen nur etwas zu fressen gaben, wenn sie Kunststückchen machten.“

Jody schüttelte entsetzt den Kopf.

„Das ist leider wahr“, sagte Luisa leise. „Nicht alle Leute kümmern sich so gut um ihre Delfine wie Alicia und Dan.“ Sie seufzte. „Danach habe ich angefangen, alles über Delfine zu lesen, was ich in die Hände bekommen konnte. Und dann fragte ich mich, ob diese Lebewesen, die in der Weite des Meeres geboren sind, in diesen winzigen Betonbecken glücklich sein konnten. Meine Mutter meinte, natürlich wären die Delfine glücklich – sie würden doch lächeln!“

Luisa machte ein bekümmertes Gesicht. „Ich war damals noch ziemlich jung, aber ich wusste trotzdem, dass das ‚Lächeln‘ nur durch die Form des Delfinmauls zu Stande kommt. Es mag für uns zwar wie ein Lächeln aussehen, aber Delfine können weder die Stirn runzeln noch sonst einen anderen Gesichtsausdruck annehmen. Jedenfalls bedeutet es nicht, dass sie glücklich sind. Als mich meine Eltern beim nächsten Mal zur Delfinshow mitgenommen haben, fiel mir auf, dass einer der Delfine gar keinen guten Eindruck machte. Er lag ganz regungs- und teilnahmslos im Wasser. Jemand stieß ihn mit einem Stock an und der Delfin ‚lächelte‘ immer noch …“ Luisa hielt inne. „Ein paar Tage später habe ich dann erfahren, dass der Delfin gestorben ist“, schloss sie.

Jody hielt ängstlich die Luft an. „Kennen Sie den Grund dafür?“, fragte sie.

„Ich glaube, das arme Tier wollte einfach so nicht weiterleben“, antwortete Luisa. Sie deutete in die Ferne, wo die Ostpazifischen Delfine im Wasser spielten. „Sie sind wunderschön, nicht? Die Menschen sehen ihnen gerne zu. Und manche Leute nutzen das aus und verdienen ihr Geld damit. Sie fangen die Tiere und stellen sie zur Schau. Ostpazifische Delfine gehören zu den ersten Delfinarten, die für Aquarien gefangen wurden. Das Problem ist, dass sie sehr unter der Gefangenschaft leiden. Für sie ist es noch schlimmer als für die Großen Tümmler. Ostpazifische Delfine brauchen sehr tiefes Wasser zum Tauchen und viel, viel Platz zum Schwimmen und Springen und Herumtoben. Sperrt man sie ein, sterben sie."

Jody runzelte die Stirn. Die Vorstellung gefiel ihr ganz und gar nicht.

„Aber den Delfinen im Delfinland scheint es doch gut zu gehen", widersprach sie.

„Das Delfinland ist ja auch kein typisches Delfinarium, in dem es nur darum geht, mit einer Delfinshow Geld zu verdienen", meinte Luisa. „Es ist ein überwachtes Habitat. Eher wie ein großer Tierpark als ein Zoo. Die Delfine leben im Meer und nicht in kleinen Becken. Alicia und Dan sind beide erfahrene Tierärzte, denen die Gesundheit und das Wohl ihrer Tiere sehr am Herzen liegt. Solche Delfinarien sind nicht das Problem." Sie hielt einen Moment inne und sah Jody fest in die Augen. „Hoffentlich musst du nie mit ansehen, wie Delfine in einem Delfinarium leiden", sagte sie ernst.

In diesem Moment trat Maddie zu ihnen an Deck. „Jody“, rief sie. „Kommst du bitte zum Unterricht?“

Luisa drehte sich zu Maddie um. „Kannst du vielleicht ein bisschen Hilfe gebrauchen?“, bot sie an.

„Gern“, antwortete Maddie mit glänzenden Augen. „Wenn du willst, kannst du den Mädchen ein bisschen Spanisch beibringen. Dann kann ich mich voll und ganz auf die Mathematikstunde mit den Jungs konzentrieren.“

Sean und Jimmy stöhnten laut auf.

Jody hätte auch am liebsten laut gestöhnt. Spanisch war nicht gerade ihre Stärke. Ganz im Gegensatz zu Brittany, die es nicht versäumte, sie regelmäßig daran zu erinnern.

Luisa war Jodys plötzlich düstere Miene nicht entgangen. Sie lachte belustigt auf und klopfte ihr aufmunternd auf den Rücken. „Hey, keine Angst, *Chica*“, sagte sie. „Ich mache bestimmt keinen schweren Test mit euch. Ich finde Tests nämlich fürchterlich. Wir werden uns einfach ein bisschen unterhalten, so wie jetzt, nur auf Spanisch anstatt auf Englisch. Glaub mir, das macht dir sicher Spaß“, schloss sie aufmunternd.

Jody musste unwillkürlich lächeln. Hoffentlich hatte Luisa Recht. Sie folgte der Mexikanerin in den Salon. Brittany saß bereits am Tisch.

Zuerst verstand Jody noch alles, was Luisa sagte. Luisa sprach langsam und deutlich und in einfachen Sätzen. Außerdem unterstrich sie ihre Worte mit ihrer Gestik und Mimik. Luisa erzählte, dass sie allein auf einem Boot, das viel kleiner als ihre Jacht war, lebte und die Delfine zwischen Jamaika, Kuba und Haiti überwachte.

Dann begann Luisa etwas über jemanden namens Frida zu erzählen und Jody verstand nur noch Bahnhof.

„Wer ist Frida?", fragte sie.

„En espanol, por favor", erinnerte sie Luisa.

Jody biss sich auf die Unterlippe und versuchte es erneut. *„Quien es Frida?"*

Luisa lächelte geheimnisvoll. Frida sei ihre Freundin und etwas ganz Besonderes, antwortete sie. Sie könne es kaum abwarten, ihr ihre neuen Freunde von der *Dolphin Dreamer* vorzustellen.

Jody war immer noch verwirrt. Luisa hatte erzählt, dass sie allein auf einem Boot lebte und meistens auf See war. Wann traf sie sich dann mit ihrer Freundin Frida und wie kam sie darauf, dass sie ihre Freundin bei ihrer Rückkehr antreffen würden? Jody hob erneut die Hand und versuchte mühsam, ihre Fragen auf Spanisch zu formulieren.

Brittany prustete plötzlich laut los. Anscheinend hatte sie einen dummen Fehler gemacht. Jody hielt gekränkt inne, doch Luisa lächelte ihr aufmunternd zu. Sie sagte etwas auf Spanisch, das wohl bedeutete, dass sie es noch einmal versuchen sollte.

Doch Jodys Kopf war plötzlich ganz leer. Ihr fiel kein einziges spanisches Wort mehr ein. Sie konnte nur noch den Kopf schütteln und betreten auf die Tischplatte starren.

Nach einer kurzen Pause wandte sich Luisa mit einer Frage an Brittany.

Sie antwortete in fließendem Spanisch, als hätte sie seit Wochen nichts anderes gesprochen. Sie und Luisa unterhielten sich einige Minuten, während Jody versuchte, ihre Verlegenheit zu überwinden und der Unterhaltung zu folgen.

Als Luisa wenig später eine Frage an sie richtete, schaffte Jody eine Antwort. Doch sie wusste sofort, dass sie schon wieder einen Fehler gemacht hatte, weil Brittany erneut laut loslachte.

Luisa korrigierte Jodys Aussprache lächelnd und lobte sie, als sie die Worte richtig wiederholte.

Endlich war die Stunde zu Ende. Jody hatte sich noch nie in ihrem Leben so auf den Mathematikunterricht gefreut.

Kapitel drei

Beim Mittagessen bat Jody Luisa, ihr mehr von ihrer mysteriösen Freundin Frida zu erzählen.

„Sag mal, hast du vorhin im Spanischunterricht etwa geschlafen?“, fragte Brittany mit erstaunt hochgezogenen Augenbrauen, noch ehe Luisa etwas sagen konnte. „Luisa hat uns doch schon heute Morgen lang und breit von Frida erzählt!“

„Na und! Die anderen interessieren sich vielleicht auch dafür“, erwiderte Jody schnell, wurde dann aber knallrot.

„Wer ist Frida?“, fragte Gina, um den beginnenden Streit im Keim zu ersticken.

„Das ist meine beste Freundin“, antwortete Luisa. Sie lächelte. „Ich gebe zu, dass ich die Mädchen ein bisschen an der Nase herumgeführt habe. Frida ist ein Delfinweibchen. Sie lebt in der Region, für die ich zurzeit zuständig bin. Sie ist wirklich etwas ganz Besonderes. Ich bin mir sicher, dass ihr sie unbedingt kennen lernen wollt."

Jodys Augen wurden ganz groß vor Neugierde.

„Ich hab noch nie einen Delfin getroffen, der mich nicht interessiert hätte", erklärte Craig grinsend und nahm sich noch etwas Salat. „Aber was ist denn so Besonderes an Frida?"

„Sie ist ein Mischling", antwortete Luisa lächelnd. „Eine Kreuzung zwischen einem Großen Tümmler und einem Atlantischen Fleckendelfin."

Craig pfiff leise durch die Zähne. „Von solchen Kreuzungen hab ich schon gehört, aber gesehen habe ich noch keine."

„Das ist allerdings etwas ganz Besonderes", bestätigte Gina. „Und ob ich sie gerne kennen lernen möchte."

„Ich auch!", rief Jody aufgeregt. Sie lud sich Salat auf ihren Teller und reichte die Schüssel weiter. „Wie haben Sie Frida denn kennen gelernt?", wandte sie sich an Luisa. „Und woher wissen Sie, dass sie ein Mischling ist?"

„Ich hab sie zum ersten Mal vor etwa einem Jahr gesehen, als ich auf der *Amigo del Mar* eingezogen bin", antwortete Luisa lächelnd.

„Das bedeutet Freund des Meeres“, erklärte Brittany Jody mit einem überheblichen Lächeln.

„Das weiß ich auch!“, erwiderte Jody gereizt. Ihre Mutter warf ihr einen missbilligenden Blick zu, doch Jody hatte sich einfach nicht beherrschen können. Seit Brittany etwas gefunden hatte, bei dem sie besser als Jody war, rieb sie es ihr ständig unter die Nase.

Luisa ignorierte das Gezanke. „Eines Tages war ich im Meer schwimmen und der Delfin kam einfach zu mir“, erzählte sie. „Ich war ziemlich überrascht. Ich hab nämlich nicht versucht, mich ihr zu nähern oder sie zu berühren. Der Verband rät, das niemals zu tun. Doch Frida kam immer wieder zu mir. Sie war sehr neugierig auf mich und gab mir zu verstehen, dass sie sich mit mir anfreunden wollte. Sie ist ein einzeln lebender Delfin – ich hab sie nie mit einer Gruppe gesehen – und sie freute sich sehr über meine Gesellschaft. Wisst ihr, so was kommt immer wieder vor – dass sich ein einzelner Delfin mit einem Menschen anfreundet. Aber normalerweise sind die *Solitarios* Männchen.“

„Das ist ja hochinteressant“, sagte Maddie. „Sag mal, stimmt es eigentlich, dass Mexiko das Land ist, in dem die meisten Delfine verkauft werden?“

„Ja, leider“, antwortete Luisa traurig. „Es ist schon schlimm genug, dass es in meinem Land mehr Delfine in Gefangenschaft gibt als anderswo. Und das auch noch oft unter unzumutbaren Bedingungen. Aber Mexiko ist auch ein berüchtigter Zwischenhändler und verkauft die gefangenen Tiere an andere Länder weiter."

„Und wie kommt das?", fragte Jody. Sie hatte aufgehört zu essen.

„Weißt du, einige Länder haben viel strengere Gesetze, was den Handel mit Delfinen angeht", erklärte sie. „In manchen Ländern ist der Import von Delfinen sogar ganz verboten, egal ob sie in Freiheit oder Gefangenschaft geboren wurden. Aber leider kaufen viele Länder Delfine aus Staaten wie Mexiko, ohne groß nach ihrer Herkunft zu fragen."

„Aber das ist ja schrecklich!", rief Jody entsetzt.

Luisa nickte traurig. „Allerdings. Die mexikanischen Im- und Exportgesetze von Delfinen müssen unbedingt geändert werden. Aber das wird erst passieren, wenn die Leute verstehen, dass der Delfinfang ein grausames Geschäft ist, das unbedingt aufhören muss."

„Und warum sind *Sie* dann nicht in Mexiko?", fragte Brittany mit hochgezogenen Augenbrauen.

Jody zuckte zusammen. Brittanys direkte Frage klang nicht gerade höflich. Doch Jody hatte sich insgeheim die gleiche Frage gestellt.

Brittany errötete. Sie machte ein verlegenes Gesicht. „Tut mir Leid … Das sollte keine Kritik sein …", fügte sie hastig hinzu. „Es hat sich nur so angehört, als würde

Ihnen das Thema sehr am Herzen liegen und immerhin ist es ja Ihr Heimatland. Deshalb dachte ich, dass Sie sich bestimmt vor Ort für die Änderung der Gesetze engagieren möchten."

Luisa lächelte Brittany an. „Schon gut. Die Frage ist völlig berechtigt. Ich habe auch schon in Mexiko gearbeitet und werde das auch in Zukunft wieder tun. Ich versuche immer, die Zustände in Mexiko zu ändern, egal wo ich gerade lebe. Ich schreibe Leuten, die etwas zu sagen haben. Und ich schreibe und übersetze Artikel für mexikanische Zeitungen und Zeitschriften. Manchmal bekomme ich Briefe von Leuten, die mir schreiben, dass einer meiner Artikel ihre Meinung geändert hat oder dass sie einem Tierschutzbund beigetreten sind. Das freut mich dann immer sehr. Als ich angefangen habe, für den Verband zum Schutz der Wale und Delfine zu arbeiten, habe ich mich bereit erklärt, überallhin zu gehen, wo man mich braucht. Und im Moment ist das eben Jamaika. Die Gegend um Kuba ist ein berüchtigtes Fanggebiet ..."

„Fanggebiet?", wiederholte Sean das Wort mit gerunzelter Stirn. „Und wer wird da gefangen?"

„Vielleicht Piraten?", schlug Jimmy vor. Auf seinem sommersprossigen Gesicht erschien ein hoffnungsvoller Ausdruck.

Luisa schüttelte lachend den Kopf. „Wir reden hier

über Delfine“, erinnerte sie die Jungs. „Vor Kuba werden viele Delfine gefangen und in die ganze Welt exportiert.“

„Und Sie verfolgen jeden, der das versucht?“, fragte Sean mit großen Augen.

„So wie ein Polizist?“, fügte Jimmy hinzu. „Nehmen Sie die Delfindiebe auch fest?“

Luisa lächelte bedauernd. „Schön wär's! Leider ist das nicht so einfach.“ Sie seufzte. „In dieser Gegend werden deshalb so viele Delfine gefangen, weil es so leicht ist, eine Genehmigung von Kuba zu bekommen. Das bedeutet, dass es völlig legal ist.“

„Das gibt's doch nicht!“, rief Jody entrüstet. Jetzt war ihr endgültig der Appetit vergangen.

„Aber irgendetwas muss man doch dagegen tun können“, sagte Craig mit gerunzelter Stirn. „Sonst hätte der Verband hier doch bestimmt kein Boot stationiert.“

„Ich überwache, wie viele Delfine gefangen werden. So wissen wir wenigstens, wie viele Tiere exportiert werden. Solche Informationen rückt die kubanische Regierung nicht so gerne raus“, erklärte Luisa. „Außerdem arbeite ich gerade an einer Studie über die Delfinpopulation in diesem Gebiet, um etwas über ihre Größe herauszufinden.“

Bei den Worten Studie und Population horchte Dr. Taylor plötzlich auf. Man sah ihm an, dass er gerne eine Frage gestellt hätte. Leider hatte er gerade den Mund voll. Als er wieder sprechen konnte, drehte sich das Gespräch schon wieder um etwas anderes.

Nach dem Essen stand Craig auf, um Harry am Ruder abzulösen.

„Dad, können Sean und ich mit hochkommen und dir beim Segeln helfen?“, fragte Jimmy.

„Klar, wenn ihr mit Essen fertig seid“, rief Craig ihnen über die Schulter zu.

Die Zwillinge sprangen auf und liefen hinter ihm her.

Wenig später kletterte Harry durch die Luke nach unten und setzte sich zu ihnen an den Tisch.

„Ein bisschen Salat?“, bot Luisa ihm an.

„Danke“, antwortete der Kapitän knapp.

„Wie lange brauchen wir denn ungefähr noch bis Jamaika?“, fragte Luisa.

Harry zuckte die Schultern. „Normalerweise müssten wir morgen die Nordostküste von Jamaika erreichen“, antwortete er. „Oder spätestens übermorgen … Am besten nehmen Sie mit Ihrem Boot Funkkontakt auf und lassen sich die Koordinaten durchgeben. Dann kann ich auch besser abschätzen, wie lange wir noch brauchen.“

„Gute Idee!“, rief Luisa. „Das kann ich ja jetzt sofort machen. Oder vielleicht später – ich möchte Sie auf keinen Fall beim Mittagessen stören“, fügte sie entschuldigend hinzu.

Harry blickte zu Jody und Brittany, dann wandte er

sich wieder an Luisa. „Eines der Mädchen kann Ihnen ja zeigen, wo der Kontrollraum ist."

„Das kann ich machen", erklärte Jody hastig und sprang auf. „Ich bin fertig mit Essen."

„Danke, Jody", antwortete Luisa und stand ebenfalls auf. Sie folgte ihr zu der kleinen Kabine, in der das Funkgerät, die Karten und die Navigationsgeräte aufbewahrt wurden. Als ihr Blick auf das Funkgerät fiel, nickte sie. „Das gleiche Funkgerät habe ich auch. Dann weiß ich ja, wie's funktioniert."

Neugierig beobachtete Jody, wie Luisa Kontakt mit einem Mann namens Frank aufnahm. Frank arbeitete auch für den Verband, das wusste sie schon. Er vertrat Luisa in ihrer Abwesenheit.

Luisa kritzelte die Koordinaten auf ihren Handrücken. „Wie läuft's denn so bei dir?", erkundigte sie sich bei ihrem Kollegen.

„Könnte besser sein." Die Männerstimme klang düster.

Luisa hielt den Atem an. „Wieso? Ist was passiert?"

„Gestern hat ein Boot vier Delfine gefangen", war die Antwort.

„Oh, nein!", stöhnte die Mexikanerin. „Was ist mit Frida?", fragte sie mit gepresster Stimme.

„Das weiß ich leider nicht", sagte der Mann. „Ich war zu weit weg. Ich konnte nur erkennen, dass sie vier Delfine gefangen haben. Allerdings hat sich Frida seit gestern Morgen nicht mehr blicken lassen."

„Oh, Frank, bitte nicht!", rief Luisa. Sie war plötzlich leichenblass geworden und hatte die Hände zu Fäusten geballt.

Das Funkgerät knackte. Dann meldete sich die Stimme erneut. „Es tut mir wirklich Leid, Luisa ..."

16. September, spätabends, immer noch auf See
Ich liege in meiner Koje und schreibe unter der Bettdecke, damit sich Brittany nicht über das Licht beschweren kann. Sie meckert bei jeder Gelegenheit an mir rum. Dabei dachte ich eigentlich, wir würden uns doch noch anfreunden. Aber da hab ich mich wohl getäuscht. Okay, sie kann besser Spanisch als ich. Na und? Dafür hat sie eine Lese- und Rechtschreibschwäche und kann nicht so gut lesen und schreiben wie ich. Das reibe ich ihr ja auch nicht ständig unter die Nase! Wenn sie so weitermacht, kann ich auch anders ...
Nach dem Essen hat es plötzlich angefangen zu stürmen und jetzt regnet es in Strömen. Armer Harry! Der muss jetzt bei diesem Hundewetter am Ruder stehen ...
Luisa kann einem auch ganz schön Leid tun.

Sie macht sich große Sorgen um Frida. Sie hat vorhin schrecklich traurig ausgesehen und ich hätte sie so gerne aufgemuntert. Hoffentlich taucht Frida wieder auf!

Es war später Nachmittag, als die *Dolphin Dreamer* am nächsten Tag die Großen Antillen erreichte. Jamaika tauchte verschwommen am Horizont auf. Harry verkündete, es sei jetzt nicht mehr weit bis zu der Stelle, an der die *Amigo del Mar* vor Anker lag.

Luisa stand mit besorgter Miene an der Reling und blickte über den weiten graugrünen Ozean. Sie suchte die aufgewühlte Wasseroberfläche ab, in der Hoffnung, die Silhouette eines einzelnen Delfins zu erkennen.

Es war ein warmer, windiger Tag. Bei Tagesanbruch hatte es aufgehört zu regnen. Immer noch jagten bedrohlich düstere Wolken über den blassen Himmel.

„Schiff ahoi!", rief Sean, und auch sein Bruder fiel in sein Rufen ein.

Jody legte schützend die Hand über die Augen und spähte nach vorn. Tatsächlich. In der Ferne schaukelte ein Boot sanft auf dem Wasser. „Ist das Ihr Boot?", fragte sie Luisa.

Sie nickte. „Ich glaub schon … na, klar!" Auf ihrem Gesicht breitete sich ein Lächeln aus. „Endlich wieder zu Hause", sagte sie leise.

Wenig später glitt die *Dolphin Dreamer* neben die *Amigo del Mar* und Harry gab Cam, Craig und Gina Kommandos zum Segelreffen. Neben der eleganten Jacht sah das kleine, rundliche Boot wie ein zotteliges Pony neben einem reinrassigen Rennpferd aus.

Frank hieß sie an Bord willkommen. Die Miene des großen Kanadiers mit dem schütteren Haar war besorgt. Als Luisa ihm überschwänglich um den Hals fiel und ihn umarmte, wurde er vor lauter Verlegenheit ganz rot.

„Ist Frida wieder aufgetaucht?“, fragte sie, nachdem sie ihn losgelassen hatte.

Er schüttelte den Kopf. „Leider nicht. Zumindest hab ich sie nirgends gesehen.“ Sein Blick wanderte an ihr vorbei zu den anderen, die an Bord gekommen waren. „Hi, ich bin Frank Cain“, stellte er sich vor.

„Craig McGrath“, erwiderte Craig und gab ihm die Hand. „Das ist meine Frau Gina, unsere Tochter Jody und unsere Assistentin Maddie … Die anderen stelle ich Ihnen beim Abendessen vor. Sie kommen doch auch, nicht wahr?“

„Gern“, erwiderte Frank lächelnd. „Ich bin froh, wenn ich mal wieder was Vernünftiges zu essen bekomme. Ich bin nämlich ein ziemlich lausiger Koch.“

Luisas Blick glitt erneut über die Wasseroberfläche. Bedrückt beobachtete Jody, wie sich Luisa schließlich resigniert abwandte.

„Und was gibt’s sonst Neues?“, fragte Luisa mit heiserer Stimme ihren Kollegen.

„Ein Mitarbeiter in Havanna hat herausgefunden, dass die vier Delfine in ein Flugzeug nach Mexiko verladen wurden“, antwortete er.

Luisa verzog das Gesicht. „Etwa in ein ganz normales Linienflugzeug?“

Frank nickte unglücklich. „Ja, und noch nicht einmal ein Tierarzt ist mitgeflogen. Klingt wirklich nicht gerade nach den vorgeschriebenen artgerechten Transportbedingungen …“

Jetzt sah Luisa noch unglücklicher aus. „So viel also zu meinem Vortrag in Nassau und seinem Einfluss!“, brummte sie ärgerlich. Sie wandte sich zu Jody und den anderen um. „Ich wollte die Fluggesellschaften davon überzeugen, dass sie den Transport von Delfinen nur erlauben, wenn es unbedingt sein muss. Und dann auch nur in speziellen Flugzeugen mit einem Tierarzt oder einer anderen kompetenten Person an Bord.“

„Einige Fluggesellschaften haben sich ja auch dazu bereit erklärt“, versuchte Frank sie zu trösten.

„Schon, aber eben nicht alle“, seufzte Luisa. „Zum Glück ist es nur ein kurzer Flug bis nach Mexiko. Sonst wäre wirklich fraglich, ob die Tiere die Reise überhaupt überleben.“ Sie legte die Stirn in Falten. „Du weißt nicht zufällig, wohin die Delfine genau gebracht wurden?“

Frank schüttelte den Kopf. „Nein. Aber die Maschine ging nach Acapulco und da hab ich gleich Yolanda angerufen. Sie hat versprochen, jemanden zum Flughafen zu schicken, der die Importpapiere überprüft. Sie meldet sich, sobald es was Neues gibt.“ Er klopfte ihr unbeholfen auf die Schulter. „Mehr können wir im Moment leider nicht tun, Luisa. Jetzt müssen wir abwarten. Wie wär’s, wenn wir erst mal unseren Besuchern das Boot zeigen?“

Die *Amigo del Mar* sah im Vergleich zur *Dolphin Dreamer* zwar ziemlich klein und schäbig aus, trotzdem war es dort sehr gemütlich. Die Kabine unter Deck hing voller Fotos mit lachenden Menschen drauf. Es waren Bilder von Luisas Freunden und Verwandten in Mexiko.

Jody betrachtete neugierig die vielen Bilder, als ihr Blick an dem Foto eines Delfins hängen blieb. Der Fotograf hatte den Meeressäuger mitten im Sprung aus dem tiefblauen Wasser geknipst. Erst nach längerem Betrachten bemerkte sie, dass der Körper und Kopf des Tieres nicht ganz so rundlich waren, wie das bei Großen Tümmlern normalerweise der Fall war. Von der Form ähnelte das Tier eher einem Atlantischen Fleckendelfin. Wenn man ganz genau hinsah, erkannte man sogar Flecken auf der hellen Unterseite. „Ist das Frida auf dem Foto hier?“, fragte sie.

Luisa nickte schweigend. In ihren Augen glänzten Tränen.

Jody biss sich auf die Zunge. Hätte sie bloß den Mund gehalten. Instinktiv umarmte sie die junge Frau und drückte sie an sich. „Keine Angst. Sie taucht bestimmt wieder auf“, sagte sie mit fester Stimme und hoffte, dass sie Recht hatte.

In dieser Nacht lag die *Dolphin Dreamer* neben der *Amigo del Mar* vor Anker. Am nächsten Morgen teilte Harry beim Frühstück den anderen mit, dass er zur nächstgelegenen Stadt segeln wolle, damit Mei Lin frische Lebensmittel einkaufen konnte. Er bot Frank an, ihn mitzunehmen. Der Kanadier hatte ihnen am Vorabend erzählt, dass er gern wieder zu seinem Arbeitsplatz auf dem Festland zurückkehren möchte, da Luisa ja jetzt wieder da war.

„Können wir auch mitkommen?“, fragte Jimmy. Er sprach wie immer für sich und seinen Bruder.

„Nein. Ihr zwei bleibt besser bei uns auf der *Amigo*“, sagte Gina.

„Aber warum denn?“, wollte Jimmy wissen. „Heute ist doch Samstag. Da haben wir keine Schule.“

„Harry hat auch ohne euch schon genug zu tun“, antwortete ihre Mutter.

Jimmy und Sean machten missmutige Gesichter.

Cam rettete die Situation. „Ich kümmere mich gerne um die beiden“, erklärte er mit seinem strahlenden Lächeln. „Das wird bestimmt lustig. Und ich finde, die beiden haben eine kleine Auszeit verdient.“

„Wir anderen auch“, murmelte Jody. Auf der *Dolphin Dreamer* war zwar bedeutend mehr Platz als auf der *Amigo del Mar*, doch mit zwei energiegeladenen Achtjährigen an Bord wurde es auch dort nach einigen Tagen ziemlich eng.

Gina lächelte. „Danke, Cam. Das ist wirklich nett von dir“, sagte sie, während die Zwillinge in lautes Jubelgeschrei ausbrachen.

„Und was ist mit dir, mein Schatz?“ Der Kapitän wandte sich mit einem vorsichtigen Lächeln an seine Tochter. „Hast du Lust, mit deinem ollen Vater einen Tag auf Jamaika zu verbringen?“

Brittany zuckte mit gleichgültiger Miene die Schultern. „Ja, warum nicht?“

Immerhin tut sie jetzt nur noch so, als wäre ihr alles egal, anstatt sich ständig zu beschweren, dachte Jody. Das war ja schon mal ein Fortschritt.

Jody hätte sich auch gerne ein bisschen auf Jamaika umgesehen, aber im Moment blieb sie lieber hier. Luisa hatte nämlich vorgeschlagen, eine kleine Rundtour mit dem Boot zu machen, um zu sehen, welche Delfine noch da waren.

Kurz darauf kletterte Jody mit ihren Eltern, Maddie und Dr. Taylor an Bord der *Amigo*. Luisa schaute wütend.

„Die Mitarbeiterin aus Mexiko hat sich gemeldet", erklärte sie ohne Umschweife. „Die Delfine wurden zu einer neuen Hotelanlage in einer Stadt an der Küste in der Nähe von Acapulco gebracht."

Craig und Gina schauten einander besorgt an.

„Wozu braucht denn ein Hotel vier Delfine?", wunderte sich Maddie.

„Zur Unterhaltung der Gäste", antwortete Luisa mit bitterer Miene. Sie war sehr aufgebracht. „Die Tiere sind anscheinend in einem winzigen Becken, das sich im Restaurant des Hotels befindet, untergebracht. Dort läuft von morgens bis abends laute Musik und es gibt niemanden, der die Tiere richtig betreut. Also können die Gäste machen, was sie wollen: Sie necken die Delfine, kippen Getränke über ihnen aus, werfen Müll ins Becken oder gehen sogar selbst ins Wasser. So wie sich das anhört, würde ich es dort keine fünf Minuten aushalten. Und die armen Delfine sind die ganze Zeit dort ohne sich zwischendurch erholen zu können!"

In ihren Augen glänzten Wuttränen.

Jody war entsetzt. „Können Sie sie nicht dort rausholen?", fragte sie. „Es muss doch etwas geben, was man dagegen tun kann!"

Luisa schüttelte den Kopf. „Die Tiere wurden legal importiert. Da sind wir machtlos", antwortete sie.

„Aber die Delfine werden doch dort ganz offensichtlich nicht artgerecht gehalten. Das kann doch nicht legal sein. Schließlich gibt es internationale Tierschutzgesetze", warf Gina ein. Jodys Mutter war blass vor Wut und hatte die Hände zu Fäusten geballt, als würde sie den Verantwortlichen am liebsten eine verpassen.

Craig und Maddie runzelten die Stirn. Selbst Dr. Taylor machte ein schockiertes Gesicht, während er sich nervös übers Kinn strich.

Luisa nickte. „Ja, natürlich. Wir müssen sofort eine Kampagne starten. Vielleicht können wir das Hotel dazu zwingen, etwas an diesen unglaublichen Bedingungen zu ändern. Sie sollen einen größeren Pool mit einem Zaun bauen und jemanden einstellen, der die Leute und den Müll von den Tieren fern hält …", schloss sie.

„Aber das reicht nicht!", stieß Craig wutentbrannt hervor. „Die Delfine sollten überhaupt nicht dort gehalten werden!"

„Das sehe ich doch auch so", sagte Luisa leise. „Die Situation ist einfach schrecklich. Aber leider ist das alles völlig legal. Die Männer, die die Delfine gefangen haben, hatten eine Genehmigung von der kubanischen Regierung. Die Tiere wurden ganz legal nach Mexiko überführt und von einem Hotel gekauft, das von den örtlichen Behörden die Erlaubnis hatte, die Tiere unter den gegebenen Umständen zu halten. Das ist natürlich ein Skandal, aber rein rechtlich haben wir nichts in der Hand. Wir können lediglich an das Mitgefühl der Hotelleitung appellieren und sie bitten, die Tiere wieder freizulassen oder zumindest die Lebensbedingungen zu verbessern."

Nach Luisas Worten herrschte bedrücktes Schweigen. Dann riss sie das unverwechselbare Pfeifen eines Delfins aus ihren düsteren Gedanken. Von der rechten Bootsseite – also steuerbord – drang eine Reihe von Schnatter- und Schnalzlauten und das Geräusch von spritzendem Wasser zu ihnen herüber.

Luisa schaute überrascht. Sie hielt den Atem an. „Frida?", rief sie.

Mit einem Satz war sie an der Reling. Jody und ihre Eltern folgten ihr schnell.

Ein Delfin streckte ihnen seine Schnauze entgegen. Er hatte die gleiche Farbe wie ein Großer Tümmler. Sein Rücken und sein Kopf waren gleichmäßig stahlgrau.

Erst als er übermütig aus dem Wasser schnellte, sah Jody, dass sich der Delfin von allen Großen Tümmlern unterschied, die sie bisher gesehen hatte. Sein Bauch war mit hellgrauen und weißen Flecken übersät und verriet, dass er ein Mischling war.

„Oh, Frida, *Querida*!", rief Luisa überglücklich. Sie

trug einen Badeanzug und einen Wickelrock um ihre Hüften. Mit einer flinken Bewegung streifte sie den Rock ab, schlüpfte aus ihren Gummisandalen und sprang kopfüber ins Wasser zu ihrer Freundin.

Kapitel vier

Mit Freudentränen in den Augen beobachte Jody Luisa und Frida im Wasser. Es war nicht zu übersehen, dass der Delfin Luisa genauso vermisst hatte wie sie ihn. Frida rieb sich zärtlich an Luisa wie eine große Katze.

Gerührt sah Jody zu, wie die beiden gemeinsam durchs Wasser schwammen und miteinander spielten, und dachte voller Sehnsucht an Apollo. Sie vermisste den wilden Delfin, mit dem sie sich am Anfang ihrer Reise an der Küste Floridas angefreundet hatte, plötzlich sehr.

Luisa blieb nicht sehr lange im Wasser.

„Entschuldigt bitte“, sagte sie außer Atem, als ihr Craig und Gina wieder an Bord halfen. „Es war ziemlich unhöflich von mir, einfach so ins Wasser zu springen, aber ich *musste* Frida einfach begrüßen. Ich hab mir doch solche Sorgen um sie gemacht …"

„Sie brauchen sich nicht zu entschuldigen", wehrte Gina lächelnd ab. „Das können wir gut verstehen."

„Ja, klar", nickte Luisa dankbar und wickelte sich in das trockene Handtuch, das ihr Maddie reichte.

„Ich würde gerne ein paar Szenen von Ihnen und Frida auf Video aufnehmen", sagte Gina. „Vielleicht später, wenn Sie nichts dagegen haben?"

„Na klar", antwortete Luisa lächelnd, während sie sich abtrocknete. „Wie wär's mit heute Nachmittag?"

„Na ja, eigentlich möchte ich vor allem Unterwasseraufnahmen von euch machen", erklärte Gina. „Aber meine Tauchausrüstung ist auf der *Dolphin Dreamer*. Dann müssen wir das wohl auf morgen verschieben."

Luisa überlegte. „Die Sichtverhältnisse sind hier allerdings nicht so gut wie bei den Bahamas. Da muss man schon ziemlich nah rankommen … Aber Sie haben ja beide viel Erfahrung beim Filmen von Delfinen. Da dürfte das eigentlich kein Problem sein."

Jodys Vater sah Luisa fragend an. „Aber Frida macht doch einen sehr zutraulichen Eindruck", wunderte er sich. „Meinen Sie, unsere Anwesenheit könnte sie vielleicht stören?"

„Wahrscheinlich nicht", sagte sie. „Leider hat sie nicht nur gute Erfahrungen mit Menschen gemacht. Sie hat eine große gezackte Narbe auf dem Bauch, die vermutlich von einer Schiffsschraube stammt … Das werden Sie ja sehen, wenn Sie mit ihr im Wasser sind. Bei fremden Booten ist sie immer sehr vorsichtig und das ist auch gut so. Sie darf nicht vergessen, dass man nicht jedem blind vertrauen soll – zu ihrer eigenen Sicherheit."

„Stimmt, sonst läuft sie Gefahr, gefangen zu werden", meinte Maddie mit grimmiger Miene.

Luisa nickte. „Das hier ist leider ein sehr gefährliches Gebiet für Delfine. Kuba erteilt viel zu viele Fanggenehmigungen. Die Regierung müsste unbedingt mal eine ordnungsgemäße Untersuchung der Delfinpopulation vor Ort durchführen. Wisst ihr", fuhr sie fort und rubbelte sich mit dem Handtuch über ihr nasses Haar, „es gibt internationale Gesetze, die den Fang von Großen Tümmlern verbieten, es sei denn man kann beweisen, dass das Fangen eines einzelnen Delfins in einem bestimmten Gebiet der Population nicht schadet."

„Und wie funktioniert diese Untersuchung genau?", wollte Jody wissen.

„Ganz einfach", antwortete Luisa. „Wenn es sehr viele Delfine in einem bestimmten Gebiet gibt, dann ist es nicht so schlimm, wenn ein paar davon gefangen werden. Also für die Delfine ist es natürlich immer noch schlimm", fügte sie mit einer Grimasse hinzu. „Und für mich auch … Aber ein Wissenschaftler sieht sich die

Gruppe an und kann beurteilen, dass sie immer noch überleben kann, selbst wenn zehn oder zwanzig Delfine davon gefangen werden. Und eine andere Gruppe könnte vielleicht aussterben, wenn nur fünf davon verschwinden."

Craig nickte. „Für das Überleben einer Gruppe ist auch entscheidend, welche Tiere gefangen werden."

„Genau", stimmte Luisa zu. „Die Delfinarien wollen natürlich nur die stärksten und gesündesten Tiere. Wenn aber zu viele gesunde gefangen werden, bleiben fast nur noch Tiere übrig, die zu alt oder zu krank sind, um sich fortzupflanzen. Und dann ist das Überleben der Gruppe in Gefahr."

Jody starrte sie entsetzt an. „Aber … ich wusste ja gar nicht, dass die Großen Tümmler vom Aussterben bedroht sind!", rief sie.

Luisa schüttelte beruhigend den Kopf. „Sind sie auch nicht. Und das werden sie auch hoffentlich nie sein. Genau deshalb gibt es diese Gesetze ja. Damit das nicht passiert. Sobald die Anzahl von Delfinen eine bestimmte Menge unterschreitet, muss der Fang verboten werden."

Gina nickte. „Und weil das Delfingeschäft so viel Geld bringt und eine richtige Untersuchung nicht ganz billig ist, geht die kubanische Regierung einfach davon aus, dass die Population immer noch groß und gesund ist, anstatt genau nachzuforschen, was?"

Luisa deutete mit dem Finger auf sie. „Genauso ist es“, bestätigte sie.

Dr. Taylor runzelte nachdenklich die Stirn. Er hatte das ganze Gespräch aufmerksam verfolgt. „Aber Señorita Suárez, haben Sie nicht vorhin erwähnt, dass *Sie* selbst gerade eine Studie durchführen?“

Luisa nickte. „Ja, zumindest versuche ich es … allerdings im Auftrag des Verbands und nicht der kubanischen Regierung.“ Sie seufzte. „Es gibt da leider ein kleines Problem. Ich bin nicht wirklich qualifiziert … Ich habe keine akademische Ausbildung. Der Verband hatte vor ein paar Monaten eine Wissenschaftlerin damit beauftragt, doch dann ist leider das Geld ausgegangen, ehe das Projekt abgeschlossen war. Seitdem versuche ich, die Studie, so gut ich kann, fortzuführen. Wir haben jede Menge Daten, aber in letzter Zeit hatte ich einfach zu viel zu tun, um sie richtig auszuwerten“, schloss sie entschuldigend.

„Ich würde mir diese Daten gerne einmal ansehen“, sagte Dr. Taylor interessiert.

Luisa lächelte ihn an. „Sehr gerne. Aber ich muss Sie warnen. Es ist ein ziemliches Durcheinander … Sie brauchen wahrscheinlich eine Weile, um sie durchzuarbeiten …“

Dr. Taylor rieb sich die Hände. „Na dann fange ich am besten gleich damit an“, erklärte er zufrieden. Er tätschelte die Tasche mit seinem Laptop. „Vielleicht kann ich Ihnen sogar bei der Auswertung der Daten behilflich sein“, fügte er hinzu. „Meine Firma hat meinen Computer mit den neuesten Programmen ausgestattet. Bis jetzt hatte ich allerdings noch keine Gelegenheit sie auszuprobieren!“

„Das ist wirklich sehr nett von Ihnen“, erklärte Luisa lächelnd. „Kommen Sie. Ich zeige Ihnen meinen Arbeitsplatz unter Deck.“

Die McGraths und Maddie sahen Dr. Taylor und Luisa verblüfft nach.

Sollte der Wissenschaftler tatsächlich mal etwas Nützliches tun? Oder war das nur wieder eine seiner Ausreden, um aus der heißen Sonne zu flüchten und ein Nickerchen zu machen?, fragte sich Jody. Plötzlich spürte sie den Blick ihres Vaters.

Er grinste, als könne er ihre Gedanken lesen und sagte leise: „Wie gut es doch ist, dass wir so unterschiedliche Interessen haben. Vielleicht ist Dr. Taylor doch noch zu etwas gut …“

„Da bin ich aber mal gespannt!“, meinte Jody und verdrehte die Augen.

Kurze Zeit später startete Luisa den Bootsmotor und nahm sie auf eine kleine Kontrollfahrt mit. Dr. Taylor saß unten in der Kabine und sah Luisas Unterlagen durch. Jody war mit ihren Eltern und Maddie an Deck. Während Jodys Haare im Wind wehten, suchte sie das Meer nach Delfinen ab.

Frida begleitete sie eine Weile. Sie machte übermütige Luftsprünge und ritt vergnügt auf der Bugwelle. Schließlich entfernte sie sich vom Boot und verschwand für mehrere Stunden von der Bildfläche.

Es war schon später Nachmittag, als sie zum Ankerplatz der *Amigo* zurückkehrten. Eine orange-weiß gestreifte Boje schaukelte auf dem Wasser und markierte die Stelle. Jody war ein bisschen enttäuscht, weil sie den ganzen Nachmittag außer einer Gruppe Großer Tümmler keine Delfine gesehen hatten und die auch nur von weitem.

Sie seufzte und blickte traurig ins Wasser, als sie plötzlich in das freundliche Gesicht eines Delfins blickte. Ihre Miene hellte sich augenblicklich auf.

„Luisa, Frida ist wieder da!“, rief Jody fröhlich.

Luisa trat aus dem Maschinenhaus und ein Lächeln breitete sich auf ihrem Gesicht aus. Sie zog sich rasch das weite T-Shirt über den Kopf, das sie mittags übergestreift hatte. „Sie wartet bestimmt schon sehnsüchtig auf unser nachmittägliches Schwimmen“, erklärte sie.

Jody konnte sich einfach nicht zurückhalten. „Kann ich mitkommen?“, fragte sie.

Luisas Miene wurde plötzlich wieder ernst. Sie zögerte mit der Antwort.

Jody suchte ratlos den Blick ihrer Mutter.

„Jody war schon oft mit Delfinen im Wasser“, kam ihr Gina zu Hilfe. „Sie weiß, wie man sich verhalten muss, falls Sie sich deswegen Sorgen machen. Mein Mann und ich vertrauen ihr völlig“, versicherte sie Luisa. „Aber wenn es Ihnen lieber ist, dass sie nicht mit ins Wasser kommt, dann …“

Jody wurde das Herz schwer.

In diesem Moment entspannten sich Luisas Gesichtszüge wieder. Sie nickte langsam. „Eigentlich kann ich das gar nicht entscheiden. Wir müssen einfach sehen, ob Frida Lust hat, jemanden Neues kennen zu lernen.“

Sie berührte Jodys Arm. „Na los, zieh schnell deinen Badeanzug an und dann gehen wir zusammen ins Wasser.“

Kurz darauf sprang Jody von der Bootskante. Das Wasser war kälter als auf den Bahamas, aber es tat gut, in das kühle Nass einzutauchen. Sie tauchte wieder auf und rieb sich das Wasser aus den Augen. Sie blickte sich suchend um. Luisa schwamm auf der Stelle und plauderte leise mit Frida auf Spanisch. Der Delfin stupste Luisa immer wieder an und brachte sie so zum Lachen.

Jody beobachtete die beiden sehnsüchtig. Die Vertrautheit und Zuneigung zwischen ihnen war nicht zu übersehen. Sie hoffte, dass Frida zu ihr kam, doch der Delfin machte keine Anstalten, seine Freundin in Ruhe zu lassen. Auch nicht, als Luisa sich zu Jody umdrehte und Frida zu ihr schicken wollte.

Jody musste plötzlich wieder an ihren ersten Delfinfreund Apollo denken und fragte sich, was er jetzt wohl gerade machte. Sie wünschte, sie könnte ihn jetzt mit seiner Gruppe sehen, wie er sprang und tauchte und sich auf den Wellen vergnügte.

Mit Mühe schüttelte Jody das traurige Gefühl ab, das langsam in ihr hochstieg. Sie wollte sich so gerne mit Frida anfreunden, aber sie wusste, dass sie das nicht erzwingen konnte. Also holte sie tief Luft und schwamm ein paar Runden um die *Amigo del Mar*. Es tat gut, die Muskeln zu strecken und durchs Wasser zu gleiten, auch wenn es anstrengender war, als sie gedacht hatte. Sie war schon mehrere Tage nicht mehr im Wasser gewesen, weil sie auf dem Weg nach Jamaika keinen Zwischenstopp eingelegt hatten. Bei ihrer zweiten Runde bemerkte Jody plötzlich, dass sie nicht alleine war. Jemand schwamm auf gleicher Höhe neben ihr. Sie drehte den Kopf zur Seite und erwartete, Luisa zu sehen. Doch es war Frida!

Der Anblick des Delfins überraschte Jody so sehr, dass

sie versehentlich Luft holte und Salzwasser schluckte. Sie musste husten.

Frida kam näher. Sie kam sogar so nah, dass Jody sie berühren konnte – aber darüber konnte sie sich im Moment gar nicht freuen. Sie konnte nicht aufhören zu husten. Ihre Augen tränten. Sie klopfte sich selbst auf die Brust und versuchte, wieder normal zu atmen. Allerdings wühlte plötzlich eine Brise das Wasser auf. Jody musste heftig mit Armen und Beinen rudern, um den Kopf über Wasser zu halten und nicht noch eine Welle abzubekommen. Ihre Kräfte verließen sie so langsam.

In diesem Moment spürte sie erstaunt, wie ein weicher, starker Körper sie nach oben drückte. Frida hatte ihre Anstrengungen erkannt und kam ihr zu Hilfe – genau wie Apollo, als Jody von der *Dolphin Dreamer* über Bord gegangen war.

Dankbar hielt sich Jody an dem Delfin fest. Durch die Ruhepause kam sie wieder zu Atem. Als sie sich erholt hatte, ließ sie Frida sofort los. Sie wollte den Delfin auf keinen Fall länger als nötig festhalten.

Doch Frida schien gar nicht von ihr wegschwimmen zu wollen. Sie blickte Jody mit ihrem runden, intelligenten Auge von der Seite an.

Jody erwiderte den Blick gebannt. Ein unbeschreibliches Gefühl von Frieden und Geborgenheit durchströmte sie. Das spürte sie immer in der Nähe von Delfinen. Sie hatte das Gefühl, sich ohne Worte mit den Tieren zu verstehen.

Luisa schwamm zu ihnen. „Na ihr zwei“, meinte sie lächelnd. „Sieht ganz so aus, als hättet ihr euch angefreundet.“

Kapitel fünf

20. September, abends im Bett, vor der Küste Jamaikas

Mom und Dad haben gesagt, dass wir morgen weitersegeln müssen. Brittany hat natürlich sofort wieder gestöhnt. Sie will lieber noch ein oder zwei Tage „Ferien“ mit ihrem Vater auf Jamaika machen. In letzter Zeit war sie wieder ein bisschen netter zu mir, weil sie hier ihren Spaß hatte. Wenn wir erst mal wieder unterwegs sind, ist sie bestimmt wieder unausstehlich ...

Ich will morgen ganz früh aufstehen. Dann kann ich noch einmal mit Frida schwimmen gehen, bevor wir losfahren. Eigentlich habe ich

überhaupt keine Lust, sie und Luisa zu verlassen. Andererseits werden wir auf unserer Reise bestimmt noch vielen tollen Delfinen und Walen begegnen. Darauf freue ich mich natürlich auch schon.

Am nächsten Morgen schlich Jody in aller Frühe aus ihrer Kabine, während Brittany noch tief und fest in ihrer Koje schlummerte. Als sie den Salon betrat, stellte sie erstaunt fest, dass Luisa und ihre Eltern schon auf waren.

„… und deshalb muss ich jetzt sofort los“, sagte Luisa gerade.

„Bleiben Sie doch wenigstens noch zum Frühstück“, schlug Gina vor. „Ich seh mal schnell nach, ob Mei Lin schon in der Kombüse ist.“

Jody zog die Augenbrauen hoch. „Sie müssen weg? Warum das denn?“, wandte sie sich an Luisa, nachdem ihre Mutter den Raum verlassen hatte.

„Ich muss sofort nach Mexiko“, antwortete Luisa. „Ich habe deinen Eltern gerade alles erklärt … Leider kann Frank diesmal nicht für mich einspringen. Das bedeutet, dass ich die *Amigo* solange im Hafen lassen muss.“

Jody fiel Luisas besorgte Miene auf. „Ist was passiert?“, fragte sie. „Ist was mit den Delfinen?“

Luisa nickte. „Einer der vier Delfine ist gestorben."

„Oh nein!", rief Jody entsetzt.

„Ja, leider", sagte Luisa traurig. „Ich muss die anderen drei unbedingt da rausholen. Der Verband zahlt mir den Flug nach Mexikon. Ich soll den Hotelbesitzer davon überzeugen, die Delfine freizulassen, bevor es für sie alle zu spät ist."

Craig fuhr sich mit der Hand über sein unrasiertes Gesicht und runzelte sorgenvoll die Stirn. „Haben Sie eine Ahnung, warum der Delfin gestorben ist?"

Luisa schüttelte den Kopf. „Ich will dort auf jeden Fall mit dem Tierarzt sprechen", sagte sie. „Sobald ich sehe, wie die Tiere untergebracht sind, kann ich mehr sagen ... Delfinfänger sind nicht gerade zimperlich – zuerst der Schock der Gefangennahme und dann noch der Flug nach Mexiko. Das war wahrscheinlich einfach zu viel. Wer weiß, vielleicht hat sich von den anderen drei auch noch einer verletzt. Auch wenn die Tiere die Strapazen bis jetzt überstanden haben, ist ihre Widerstandskraft durch den Stress geschwächt", erklärte sie. „Das Becken, in dem die Delfine gehalten werden, hört sich ja auch nicht sonderlich delfingerecht an."

Gina kam mit einem Tablett dampfender Kaffeetassen aus der Kombüse. Sie reichte Luisa eine. „Mei Lin schneidet gerade ein paar Orangen und backt Brötchen auf", sagte sie. „Ich weiß, Sie wollen so schnell wie möglich los, aber ich lass Sie auf keinen Fall mit leerem Magen hier weg.“

Luisa lächelte sie an. „Danke, Gina“, sagte sie. „Am besten nehme ich Sie mit nach Mexiko.“ Sie nippte an ihrem Kaffee und seufzte. „Ah, das tut gut. Ich war fast die ganze Nacht auf und hab mit allen möglichen Leuten per Funk geredet, um die Sache zu klären.“

Jody nagte ängstlich an ihrer Unterlippe. „Und was ist, wenn Sie den Besitzer nicht überzeugen können?“, fragte sie.

„Dann muss ich versuchen, dort so viele Leute wie möglich auf meine Seite zu ziehen und sie dazu bringen, dagegen zu protestieren“, sagte Luisa. Sie schüttelte seufzend den Kopf. „Aber wahrscheinlich ist es dem Hotelbesitzer völlig egal, was die Anwohner von ihm denken. Schließlich verdient er sein Geld mit den Touristen. Solange es genug Urlauber gibt, die Geld dafür bezahlen, diese Delfine zu sehen, wird er sie nicht hergeben wollen.“

„Dann müssen Sie eben mit den Hotelgästen reden. Sie sollen dem Hotelbesitzer sagen, dass sie erst wieder in sein Hotel kommen, wenn er die Delfine freigelassen hat“, sagte Jody aufgeregt.

Luisa nickte. „Klar. Das Problem ist nur, dass so eine Kampagne Jahre dauern kann“, antwortete sie resigniert. „Ich muss den Tieren aber *sofort* helfen!“

In diesem Moment betrat Dr. Taylor den Salon und rieb sich verschlafen die Augen. „Wenn mich meine Nase nicht täuscht, dann duftet es hier doch nach Kaffee“, sagte er. „Ist das Frühstück schon fertig?“

„Mei Lin ist gerade dabei“, sagte Gina. „Setzen Sie sich. Ich hole Ihnen schon mal eine Tasse Kaffee.“

„Danke, das ist sehr freundlich von Ihnen“, bedankte er sich. Er legte seinen Laptop auf den Tisch. „Wenn niemand etwas dagegen hat, frage ich nur schnell meine Mails ab, bis das Frühstück fertig ist …“

Erst jetzt fiel sein Blick auf Luisa. „Señorita Suárez!“, rief er überrascht. „Guten Morgen. Es tut mir wirklich sehr Leid. Ich habe gestern bis spät in die Nacht gearbeitet, aber ich habe noch nicht alle Daten ausgewertet. Sie sind doch hoffentlich nicht extra so früh gekommen, weil Sie dachten …“

Luisa machte eine abwehrende Handbewegung. „Nein, nein, Doktor“, sagte sie beschwichtigend. „Daran habe ich ehrlich gesagt überhaupt nicht mehr gedacht. Es gibt leider schlechte Neuigkeiten und deshalb muss ich sofort nach Mexiko fliegen …“

„Ich wünschte, wir könnten Ihnen helfen!“, platzte Jody heraus, nachdem Luisa Dr. Taylor alles erzählt hatte.

„Vielleicht können wir das ja“, sagte Craig nachdenklich vor sich hin.

Alle sahen ihn an.

„Na ja, ich dachte nur …“, begann er. „Zu unserem Forschungsprojekt gehört doch auch die Öffentlichkeitsarbeit. Vielleicht können wir Luisa ja helfen, indem wir bekannt machen, was mit diesen Delfinen passiert …“

Gina nickte begeistert. „Stimmt. Sie könnten uns mit Informationen aus erster Hand versorgen“, wandte sie sich an Luisa. „Am besten schicken Sie uns ein paar Fotos. Die können wir dann auf unserer Website veröffentlichen … Da kommt mir gerade eine Idee. Meinen Sie, Sie könnten vielleicht eine Videokamera auftreiben?“

Luisa schüttelte den Kopf. „Tut mir Leid. Selbst wenn ich mir eine ausleihen würde, wüsste ich nicht, wie man mit dem Ding umgeht. Technik ist nicht gerade meine Stärke.“

Gina runzelte die Stirn. „Zu dumm. Wenn ich ein paar gute Videoaufnahmen hätte, würde das den Fernsehsender, mit dem wir in Florida zusammenarbeiten, bestimmt sehr interessieren. Die sind verrückt nach solchen Storys.“

Jody malte sich in Gedanken aus, wie es dann weitergehen könnte. „Und dann würden sich vielleicht auch andere Fernsehsender für die Geschichte interessieren“, fügte sie hinzu. „Und wenn genug Amerikaner die Bilder sehen und Protestbriefe schreiben, würde der Hotelbesitzer merken, dass die Haltung der Delfine zu viele

Touristen vertreibt und dann würde er sie bestimmt wieder freilassen!" Sie strahlte Luisa aufgeregt an. „Die Idee ist doch super, finden Sie nicht?"

„Doch", nickte Luisa und verzog den Mund zu einem schiefen Grinsen. Sie schüttelte den Kopf. „Aber wie gesagt, ich habe leider keine Videokamera und kann sie auch nicht bedienen …" Sie zögerte. Ihre dunklen Augen funkelten plötzlich.

Sie beugte sich vor und fasste Gina am Arm. „Kommen Sie doch einfach mit! Dann können Sie die Aufnahmen selbst machen und der ganzen Welt zeigen!"

Jody hielt den Atem an. Ihre Eltern wechselten einen Blick.

Doch Gina schüttelte bedauernd den Kopf. „Das würde ich wirklich gerne tun, Luisa. Aber wie soll ich von hier an die Westküste von Mexiko kommen? Mit dem Boot würde es Wochen dauern und ein Flugticket ist in unserem Budget nicht drin …" Sie hielt unsicher inne. „Und ich kann mir nicht vorstellen, dass Ihr Verband meinen Flug auch noch übernimmt …"

Luisa schüttelte den Kopf. „Das Geld für mein Ticket kommt ja schon aus einem Fonds für dringende Fälle … Noch eins ist bestimmt nicht drin", sagte sie düster.

„Es tut mir schrecklich Leid", sagte Gina. Sie streckte ihre Hand nach Luisas Hand aus. „Ich würde Sie wirklich gerne begleiten. Aber es geht leider nicht …"

„Vielleicht doch", meldete sich Dr. Jefferson Taylor unvermittelt zu Wort.

Alle sahen ihn überrascht an. Jody hatte ihn beinahe vergessen, weil er bis jetzt schweigend an seinem Computer gesessen hatte.

„Was soll das heißen?", fragte Craig.

Dr. Taylor deutete mit seinem dicken Zeigefinger auf den Computerbildschirm. „Ich habe soeben eine Mail von PETROCO erhalten", sagte er. „Meine Firma ist der Ansicht, dass sich das Sponsoring für sie bis jetzt nicht auszahlt …"

„Aber was erwarten die denn?", fragte Craig mit gerunzelter Stirn. „Wir werfen das Geld doch nicht zum Fenster raus. Wir machen genau das, was wir gesagt haben …"

„Natürlich. Da bin ich ganz Ihrer Meinung." Dr. Taylor fuchtelte nervös mit den Händen. „Ich wollte gerade antworten und erklären, dass … Aber jetzt habe ich eine viel bessere Idee." Er hielt inne und lächelte zaghaft. „Wissen Sie, PETROCO wünscht sich mehr Medienpräsenz. Die Idee, über die gefangenen Delfine in Mexiko zu berichten, ist genau das, was sie brauchen." Er nickte Gina zu. „Ich werde meiner Firma vorschlagen, Ihre Reisekosten zu übernehmen, damit Sie nach Mexiko fliegen und eine medienwirksame Kampagne zur Befreiung der Delfine starten können." Er zögerte und blickte

Gina ängstlich an. „Das heißt natürlich nur, wenn Sie damit einverstanden sind."

Gina lächelte. „Und ob. Ich finde, das ist eine großartige Idee, Dr. Taylor", erklärte sie lächelnd.

Auch Luisa strahlte über das ganze Gesicht. Dann sprang sie auf und drückte Dr. Taylor einen Kuss auf die Wange.

„*Muchas gracias*", rief sie überschwänglich. „Sie sind wirklich ein sehr netter, kluger Mann!"

Dr. Taylor wurde dunkelrot und brachte kein Wort über die Lippen. Ganz verlegen beugte er sich wieder über seinen Laptop und schrieb eine Mail an die Geschäftsleitung seiner Firma.

21. September, vor dem Mittagessen.
Immer noch vor der Küste Jamaikas
Immer noch keine Antwort von PETROCO!
Aber Luisa ist felsenfest davon überzeugt, dass der „nette Dr. Taylor" bekommen wird, was er will. Deshalb hat sie ihren Flug von Kingston nach Acapulco auf morgen früh verschoben und sogar schon einen Platz für Mom reserviert. Wenn das tatsächlich klappt, bleiben wir solange hier und passen auf die Delfine auf. Dann muss ich mich doch noch nicht von Frida verabschieden!

Die Kabinentür flog auf und Brittany streckte den Kopf herein. „Wo bleibst du denn?“, fragte sie im Befehlston. „Das Mittagessen ist gleich fertig und Dr. Taylor will vorher etwas bekannt geben. Es nervt, dass wir alle auf dich warten müssen …“

Jody hatte keine Lust, sich mit Brittany anzulegen. Sie verstaute rasch ihr Tagebuch im Schrank, kletterte von ihrer Koje herunter und hastete in den Salon. Dort hatten sich schon alle um den großen Tisch versammelt.

Die Anwesenden musterten Dr. Taylor mit gespannten Gesichtern. Der Wissenschaftler schien die Aufmerksamkeit sichtlich zu genießen. Er räusperte sich vernehmlich.

„Ich habe das Vergnügen, Ihnen mitteilen zu können, dass PETROCO von meinem Vorschlag sehr angetan ist. Die Firma hat vor kurzem wegen eines Tankerunglücks im Mittelmeer leider Negativschlagzeilen gemacht. Eine Kampagne, die PETROCO als ‚Freund und Helfer der Delfine‘ darstellt, kommt da gerade richtig … Deshalb haben sie sich bereit erklärt, die Kosten für zwei Rückflugtickets nach Mexiko zu übernehmen.“

Jody atmete erleichtert auf.

Doch Ginas Miene war plötzlich ein wenig skeptisch. „Heißt das, Luisa und ich haben die Ehre, auf unserer Reise von Ihnen begleitet zu werden?“, hakte sie nach.

„Von mir?“ Dr. Taylor sah sie erschrocken an.

„Na ja, Sie haben doch von zwei Tickets gesprochen. Da dachte ich, dass Sie …“, begann Gina.

„Oh, nein, nein!“, fiel ihr Dr. Taylor ins Wort und schüttelte heftig den Kopf. „Ich habe Flugangst! Außerdem kann ich jetzt unmöglich nach Mexiko. Ich muss doch die Daten auswerten und die Populationsstudie fertig stellen … Ich kann jetzt wirklich nicht weg. Tut mir Leid, Dr. McGrath. Aber Sie möchten doch bestimmt, dass Ihr Mann Sie begleitet?“

„Ich glaube, ich bleibe besser hier und sehe nach dem Rechten“, erklärte Craig bedauernd. „Außerdem lenke ich Gina nur von der Arbeit ab“, scherzte er.

„Jody könnte doch mitkommen“, schlug Luisa vor.

Jody traute kaum ihren Ohren. Sie hielt aufgeregt den Atem an und sah ihre Mutter erwartungsvoll an.

„Jody wäre uns ganz bestimmt eine große Hilfe“, fügte Luisa hinzu. „Und sie würde eine Menge dabei lernen …“ Sie lächelte Jody an. „Wenn du später mal mit Delfinen arbeiten willst, ist es gut, auch über die Schattenseiten Bescheid zu wissen.“

„Ich würde schrecklich gerne mitkommen!“, rief Jody. Sie sah ihre Mutter flehend an.

Gina lächelte.

„Na ja, wenn PETROCO tatsächlich zwei Flugtickets bezahlen will … Warum nicht? Luisa hat Recht. Willkommen in unserem Rettungsteam, mein Schatz!“

„Mann, das ist ja super! Danke! Ich kann es kaum glauben!“ Jody sprang auf und fiel zuerst ihrer Mutter und dann Luisa um den Hals.

„Aber Jody, ich muss dich warnen. Du wirst bestimmt auch Dinge sehen, die dich sehr traurig und wütend machen werden“, meinte Luisa mit ernster Miene. „Und an denen du vielleicht nichts ändern kannst.“

Jody nickte nachdenklich. Trotzdem war sie immer noch schrecklich aufgeregt. Und sie war sich sicher, dass sie gemeinsam mit ihrer Mutter und Luisa einen Weg finden würden, den gefangenen Delfinen zu helfen.

Beim Mittagessen fiel Jody plötzlich Brittanys finstere Miene auf.

„Ich finde, das ist unfair“, knurrte sie. „Jody fliegt einfach nach Mexiko, während wir hier versauern und Schularbeiten machen müssen.“

Maddie legte Brittany die Hand auf die Schulter und warf Jody einen verschwörerischen Blick zu. „Reg dich ab, Britt“, sagte sie. „Jody wird die Gelegenheit nutzen und ihr Spanisch verbessern. Und damit sie das auch wirklich tut, wird sie bei ihrer Rückkehr einen Test schreiben!“

Kapitel sechs

22. September, morgens im Taxi, Mexiko
Wir sind jetzt schon eine Ewigkeit im Taxi unterwegs, seit wir am Flughafen losgefahren sind ... Luisa hat gesagt, das Hotel „Miramar“ wäre „direkt bei Acapulco“, aber anscheinend ist es doch weiter weg.
Ich glaube, der Flug von Jamaika nach Mexiko hat nicht so lange gedauert wie die Fahrt zum Hotel!
Wenn ich aus dem Fenster sehe, sehe ich nichts als langweilige staubige Felsen und vertrocknete Pflanzen neben der Straße. Ab und zu sieht man einen kleinen blauen Fleck. Das ist der Pazifik! Es ist das erste Mal, dass ich ihn sehe!

In ein paar Monaten sind wir mit unserem Schiff dort ... aber Mom und ich können jetzt schon mal einen Blick darauf werfen.

„Ich glaube, das ist es“, sagte Gina.

Jody sah von ihrem Tagebuch auf. Am Straßenrand entdeckte sie eine riesige rosa-türkisfarbene Tafel, auf der HOTEL MIRAMAR stand. Über dem Schriftzug waren zwei springende Delfine abgebildet.

Das Taxi bog direkt nach dem Schild von der Hauptstraße ab. Kurz darauf hielt es an einer halbrunden Auffahrt vor einem großen, scheinbar neuen, pinkfarbenen Gebäude mit Stuckverzierung. Sie stiegen aus und Luisa bezahlte den Fahrer.

Jody folgte ihrer Mutter und Luisa durch die große doppeltürige Glastür in die Eingangshalle. In der weiträumigen, hellen Halle standen große Vasen mit Blumen. Ein paar Leute saßen in bequemen Korbsesseln und lasen Zeitung und es duftete angenehm nach Zimt, Schokolade und Blumen.

Luisa trat an die Rezeption und stellte sich kurz vor. Kurz darauf trat ein Mann in einem weißen Anzug und mit sorgfältig gekämmten schwarzen Haaren zu ihnen und begrüßte sie. Er wechselte einige Worte auf Spanisch mit Luisa. Die Mexikanerin drehte sich zu Gina und Jody um.

„Señor Martinez, das sind meine *Compañeras,* Dr. Gina McGrath und ihre Tochter Jody“, sagte Luisa.

„Ah, Sie kommen aus den USA?“, fragte sie Señor Martinez auf Englisch. Er schien überrascht. „Arbeiten Sie auch für diesen Delfinschutzverband?“

„Nein“, antwortete Gina. „Ich bin Meeresbiologin und arbeite gerade an einem internationalen Forschungsprojekt über Delfine. Einer unserer Sponsoren ist ein Fernsehsender in Florida.“ Sie deutete auf ihre Videokamera. „Wenn Sie nichts dagegen haben, würde ich gerne ein paar Aufnahmen von den Delfinen im Hotel machen.“

Jody hielt den Atem an. Und wenn Señor Martinez Nein sagte?

Doch der sonnengebräunte Mann lächelte und zeigte ihnen seine strahlend weißen Zähne. „Für das amerikanische Fernsehen?“, fragte er hoffnungsvoll.

Gina nickte. „Wenn dem Sender die Aufnahmen gefallen, werden sie zumindest in Florida gezeigt.“

„Wie schön“, sagte Señor Martinez und rieb sich die Hände. „Wenn die Zuschauer in Florida mein wunderschönes Hotel sehen, wollen sie bestimmt mal hier Urlaub machen.“

„Wir sind aber nur hier, um die Delfine zu filmen, Señor Martinez“, erwiderte Luisa. „Außerdem sollten Sie sich keine falschen Hoffnungen machen: Die meisten Amerikaner würden wahrscheinlich ein Hotel boykottieren, in dem Delfine nicht gut behandelt werden“, fügte sie schnell hinzu.

Der Hotelbesitzer sah sie empört an. „Wie kommen Sie denn darauf, dass unsere Delfine schlecht behandelt werden!“, rief er. „Sie sind in einem wunderschönen tiefen Becken, in dem sie schwimmen können, und Futter bekommen sie auch genügend. Die Tiere haben mich schließlich ein Vermögen gekostet – warum sollte ich sie dann schlecht behandeln? Ich bin kein Tierquäler, das wird Ihnen hier jeder bestätigen!“

Luisa nickte hastig. „Verzeihen Sie mir“, sagte sie und lächelte gewinnend.

Luisa wollte Señor Martinez auf keinen Fall verärgern, damit er sich nicht weigerte, mit ihnen zusammenzuarbeiten.

„Sie quälen die Tiere bestimmt nicht absichtlich“, fuhr Luisa fort. „Aber immerhin ist schon einer der Delfine gestorben und deshalb machen wir uns große Sorgen. Wissen Sie, es ist gar nicht so einfach, Delfine richtig zu halten. Da muss man sich schon gut auskennen.“

Señor Martinez nahm Luisas Entschuldigung an und wandte sich lächelnd an Gina. „Vielleicht können Sie mich ja beraten. Ich bin immer bemüht, das Beste zu tun. Folgen Sie mir bitte. Ich zeigen Ihnen, wo die Delfine untergebracht sind.“

Der Hotelbesitzer führte sie durch eine Hintertür. Sie

gingen über einen geteerten Weg bergab zu einem steinigen Strand. Gebannt blickte Jody auf das leuchtende Blau des Pazifischen Ozeans, der unter dem hellblauen, wolkenlosen Himmel in der Sonne glitzerte. Sanfte Wellen kräuselten sich auf dem Wasser und brachen sich am Ufer.

Doch das friedliche Rauschen des Meeres wurde von einem dumpfen Stampfen übertönt. Je näher sie kamen, desto lauter wurde die Musik. Jodys Blick fiel auf ein Gebäude am Strand. An der Außenwand hing ein leuchtend rosa Schild mit der Aufschrift STRANDBAR.

„Ich spiele mit dem Gedanken, die Bar in ‚Delfinbar' umzutaufen", erklärte ihnen der Hotelbesitzer und bedeutete ihnen einzutreten.

Das Gebäude war halbrund und hatte einen großen, hellen Innenhof. Dort standen Tische und Stühle dicht gedrängt um einen Pool herum. Im Moment waren nur wenige Tische besetzt.

„Jetzt ist hier natürlich nichts los", erklärte Señor Martinez mit lauter Stimme, um die Musik zu übertönen. „Aber abends ist hier die Hölle los. Da drüben ist die Tanzfläche und da hinten sind die Videospiele. Die Barkeeper mixen Ihnen jeden Drink, den Sie wollen! Darf ich die Ladys zu einem Drink einladen?"

„Nein, vielen Dank", antwortete Luisa. Gina schüttelte ebenfalls den Kopf.

Jody hielt es nicht länger aus. „Und wo sind die Delfine?“, rief sie über den Lärm hinweg.

Señor Martinez sah sie verwundert an. „Da sind sie doch.“ Er deutete nach vorn. „Hier im Pool.“

Jody lief es eiskalt den Rücken hinunter. Das Becken war schon für einen Delfin viel zu klein, ganz zu schweigen von dreien. Sie trat an den Beckenrand und starrte mit ungläubigem Entsetzen ins Wasser.

Die drei Delfine lagen eng aneinander gedrängt in dem trüben, abgestandenen Wasser. Auf der Wasseroberfläche trieb ein weißer Plastikbecher neben abgebrannten Streichhölzern und Zigarettenkippen. Auf dem Betonboden glitzerten Münzen und andere Gegenstände, die sie nicht genau erkennen konnte.

Die Leute werfen hier wohl einfach alles ins Becken, dachte Jody entsetzt. Wer weiß, wovon die armen Delfine mit ihrer empfindlichen Haut getroffen und möglicherweise verletzt wurden …

Jody traten die Tränen in die Augen. Geschockt wandte sie sich ab. Sie konnte den schrecklichen Anblick einfach nicht mehr ertragen.

„Die armen Delfine“, stieß sie verzweifelt hervor.

„Was heißt hier die armen Delfine!“, schnaubte der Hotelbesitzer. „Die drei haben gerade eine Riesenportion Fisch zum Frühstück verschlungen! Die fressen mir noch die Haare vom Kopf, wenn die immer so einen Riesenappetit haben! Deshalb liegen sie auch so träge im Wasser, weil sie so voll gefressen sind."

„Das Becken ist eindeutig zu klein für die Tiere", stellte Luisa sachlich fest. Ihre Stimme zitterte leicht, während sie den ganzen Schrecken der Situation erfasste. „Außerdem ist das Wasser ziemlich dreckig." Sie bückte sich und fischte mit dem Plastikbecher einige Streichhölzer und Zigarettenkippen aus dem Wasser.

Señor Martinez machte eine abwehrende Handbewegung. „Der Junge, der sonst immer das Wasser sauber macht, ist heute Morgen zu spät gekommen", erklärte er. „Normalerweise ist er sehr zuverlässig. Außerdem ist das halb so schlimm. Glauben Sie vielleicht, das Meer wäre sauber? Von wegen! Schon mal was von Umweltverschmutzung gehört? Da schwimmt viel mehr Dreck und Abfall herum. Unser Becken wird dagegen jeden Morgen gereinigt. Dass die Gäste Müll ins Wasser werfen, lässt sich leider nicht verhindern", erklärte er achselzuckend. „Außerdem geben wir jede Woche eine Chlortablette ins Wasser, um es zu sterilisieren", fügte er stolz hinzu.

Jody hatte schon die ganze Zeit überlegt, was hier wohl so seltsam roch. Natürlich, das war Chlor. Der Geruch war sogar noch penetranter als im Hallenbad.

Luisas Miene war düster. „Wissen Sie, Delfine leben normalerweise im Meerwasser", sagte sie Señor Martinez. „Chemikalien sind nicht gut für die Tiere."

Señor Martinez runzelte die Stirn. „Aber laut den Sicherheitsvorschriften muss Chlor ins Wasser“, erwiderte er. „Wissen Sie, ich war wirklich sehr, sehr traurig, als einer der Delfine gestorben ist … Ich hatte schreckliche Angst, dass sich die anderen Tiere infizieren könnten und habe eine extra Tablette ins Wasser getan, damit auch alle Keime abgetötet werden!“ Er lächelte Gina an. „Sie sehen also, wir haben die gleichen hohen Standards wie Ihre amerikanischen Hotels. Nur das Beste für die Gäste!“

„Das war wahrscheinlich zu viel des Guten“, antwortete Gina und biss sich auf die Unterlippe. „Der Geruch ist sehr intensiv … finden Sie nicht auch? Ein bisschen Chlor ist durchaus nicht verkehrt, aber zu viel ist weder für Menschen noch für Tiere gut. Es schadet ihren Augen und brennt auf der Haut.“

„Zu viel?“ Señor Martinez hob die Augenbrauen und zuckte mit den Schultern. „Wenn Sie meinen … Dann werde ich die Dosierung noch einmal überprüfen lassen. Ich denke immer besser zu viel als zu wenig. Aber wenn das natürlich den Tieren schadet …“ Ein besorgter Ausdruck huschte über sein Gesicht. „Ich will bestimmt nicht, dass es meinen Delfinen schlecht geht“, sagte er aufrichtig. „Das war eine sehr große Investition für mich!“

„Señor Martinez, Delfine sind große Tiere. Sie brauchen viel Bewegungsfreiheit, damit es ihnen gut geht“, erklärte ihm Luisa. „Wenn Sie wirklich wollen, dass sich die Tiere wohl fühlen, dann müssen Sie dafür sorgen, dass sie mehr Platz haben. Sie brauchen ein viel, viel größeres Becken und sauberes Wasser. Und sie müssen sich auch zurückziehen können, damit sie ab und zu mal ihre Ruhe haben …“

Señor Martinez schnaubte durch die Nase. „Ein größeres Becken! Wissen Sie, wie viel das kostet? Das hier ist doch wirklich groß genug!“ Er zeigte tadelnd mit dem Finger hin und her. „Wissen Sie, was ich glaube? Ihnen wäre es am liebsten, wenn ich die Tiere ins Meer zurückbringen würde, hab ich Recht?“

„Natürlich!“, platzte Jody heraus. „Die Delfine werden sterben, wenn Sie sie hier drin lassen! Sehen Sie sie sich doch mal an. Das sieht man doch sofort, dass es ihnen hier nicht gut geht! Sie sind so unglücklich …“ Jody hielt plötzlich inne. Sie wollte Señor Martinez nicht beleidigen. Dann ließ er vielleicht überhaupt nicht mehr mit sich reden. Erleichtert sah sie, dass der Hotelbesitzer nachsichtig lächelte.

Er schüttelte den Kopf. „Das glaube ich nicht, meine Kleine“, sagte er. „Sie lächeln doch! Delfine sind so glückliche Wesen – sie sind immer glücklich! Ich sehe sie mir so gerne an.“ Señor Martinez Miene wurde wieder ernst. „Und sie werden ganz bestimmt nicht sterben“, fügte er hinzu. „Ich habe sie von einem Tierarzt untersuchen lassen. Ich sorge gut für sie." Er hielt inne und sah auf die Uhr. „Wenn Sie mich jetzt bitte entschuldigen würden. Ich habe noch einen Termin ..."

„Señor Martinez, bitte warten Sie", rief Luisa verzweifelt. „Könnte ich vielleicht mit dem Tierarzt sprechen?"

Er nickte. „Natürlich. Kommen Sie mit in mein Büro. Dann rufe ich ihn an."

„Ich bleibe solange hier und mache ein paar Videoaufnahmen", sagte Gina. „Natürlich nur wenn Sie nichts dagegen haben."

Der Hotelmanager strahlte übers ganze Gesicht. „Aber nein. Machen Sie nur!", antwortete er. Er deutete auf die Bar. „Filmen Sie alles, was Sie wollen. Und wenn Sie irgendetwas essen oder trinken möchten, sagen Sie es einfach dem Barkeeper. Sie sind meine Gäste."

„Nur noch eins, Señor Martinez", sagte Gina.

„Ja?", antwortete er.

„Könnten Sie vielleicht die Musik abstellen? Ich bekomme davon Kopfschmerzen", sagte sie.

Señor Martinez runzelte die Stirn. „Aber wir machen die Musik nie aus, Señora. Unsere Gäste lieben die Musik. Unser Motto lautet: *Der Spaß und die Musik hören hier nie auf*! Aber wenn Sie unbedingt wollen, können wir sie etwas leiser machen."

„Ja, bitte", antwortete Gina. „Ich glaube, die Delfine wären Ihnen auch sehr dankbar dafür."

Er sah sie verwirrt an. Dann lachte er, als hätte sie einen Scherz gemacht.

„Delfine haben ein sehr empfindliches Gehör, Señor Martinez", erklärte ihm Luisa, während sie zusammen die Bar verließen. „Diese laute Umgebung bedeutet sehr viel Stress für die Tiere."

Jody beobachtete, wie ihre Mutter die Kamera auspackte. Kurz darauf wurde die Musik etwas leiser.

Jody atmete erleichtert auf und sah noch mal nach den Delfinen im Wasser. Beim Anblick der aneinander gedrängten Tiere zog sich ihr Magen zusammen und ihr Brustkorb fühlte sich so eng an, dass sie kaum Luft holen konnte. Ihre Hand tastete nach dem silbernen Delfinanhänger, den sie an einer Halskette trug. Luisa hatte gesagt, dass Befreiungskampagnen für Delfine oft Jahre dauerten und die Hilfe für viele Delfine oft zu spät kam, weil sie schon während der Kampagne starben.

„Versuch doch mal, ob einer der Delfine zu dir schwimmt, Schatz", rief Gina leise. „Ich muss auf jeden Fall heute Abend noch mal herkommen, wenn hier alles voller Leute ist, damit ich diese schreckliche Situation in ihrem vollen Ausmaß festhalten kann. Aber wenn wir schon mal da sind, filme ich auch ein bisschen."

Jody war froh, etwas zu tun zu haben. Sie trat ans

Becken und setzte sich vorsichtig auf den Rand, um die Tiere nicht zu erschrecken. Normalerweise gewöhnten sich in Gefangenschaft gehaltene Delfine schnell an Menschen. Oft dressierte man sie so, dass sie auf Besucher reagierten. Doch diese Delfine waren immer noch wild und sie war eine Fremde für sie.

Sie blickte in das trübe Wasser und versuchte, sich in die Lage der Tiere zu versetzen. Wie seltsam sie sich fühlen müssen, dachte sie. Bestimmt vermissten sie ihre Freunde draußen im Meer und trauerten um den verstorbenen Delfin. Jody versuchte das Alter der Tiere zu schätzen und überlegte, welche Beziehung sie zueinander hatten.

Während sie gedankenversunken am Beckenrand saß, lösten sich die Delfine langsam voneinander. Der größte von ihnen, ein Männchen, schwamm langsam auf Jody zu. Als sein Atemloch an der Wasseroberfläche erschien, zischte es leise. Dann schob der Delfin den ganzen Kopf über das Wasser und sah sie neugierig an. Er glitt die kurze Seite des Beckens entlang, ohne den Blick von ihr abzuwenden. Dann drehte er um und schwamm wieder zurück, den Blick immer noch auf sie gerichtet.

Jody lächelte, rührte sich aber nicht von der Stelle. Er interessierte sich für sie! „Hallo, Kumpel“, sagte sie leise. „Ich bin Jody. Und wie heißt du?“ Sie hielt inne und hoffte auf ein Pfeifen oder Schnalzen als Antwort.

Doch der Delfin schwamm weiter und beobachtete sie dabei.

„Weißt du was? Ich werde dir einfach einen Namen geben“, sagte sie ihm. „Das ist persönlicher.“ Sie betrachtete ihn nachdenklich und suchte nach einem passenden Namen.

Er war ein kräftiger, gesund aussehender Großer Tümmler. Sein Rücken und seine Seiten glänzten schiefergrau. Die Unterseite war etwas heller. Die glatte Haut war ebenmäßig und ohne Narben. Deshalb dachte Jody, dass er noch ziemlich jung sein musste. Das Alter hinterließ Spuren auf ihrer Haut. Die Narben stammten von Unfällen oder waren Bissspuren, die sie beim Kämpfen oder Spielen mit anderen Delfinen abbekommen hatten.

„Ich hab's“, sagte sie plötzlich. „Ich nenne dich Chico!“ *Chico* war das spanische Wort für Junge und wurde oft als nett gemeinter Spitzname benutzt. Er passte genau zu diesem hübschen jungen Delfin.

Inzwischen hatten sich die anderen beiden Delfine zu Chico gesellt und betrachteten Jody ebenfalls. Eines der beiden Tiere stieß eine Reihe von kurzen Schnalzlauten aus. Da kam ihr plötzlich eine Idee. Sie versuchte, Apollos Erkennungspfeifton zu imitieren.

Leider ging das Pfeifen in der dröhnenden Barmusik, die jetzt wieder lauter war, unter. Jody versuchte es erneut, doch sie hatte keine Ahnung, ob die Delfine verstanden, was sie da machte, und ob sie das Pfeifen überhaupt hörten. Sie seufzte frustriert.

Plötzlich spürte sie die Hand ihrer Mutter auf ihrer Schulter. Sie sah auf.

„Ich seh mal nach, ob ich Luisa finde“, sagte ihre Mutter. „Ich muss noch ein paar Anrufe erledigen. Willst du mitkommen oder lieber hier warten?“

Jody fühlte sich in der lauten Strandbar eigentlich ziemlich unwohl. Doch sie hatte das Gefühl, dass sie kurz davor war, sich mit den gefangenen Delfinen anzufreunden. Die Chance wollte sie sich jetzt auf keinen Fall entgehen lassen. „Ich bleibe hier“, antwortete sie.

„Gut, mein Schatz“, sagte ihre Mutter und drückte ihren Arm. „Es dauert auch bestimmt nicht lange. Falls du keine Lust mehr hast zu warten, gehst du einfach in die Eingangshalle und fragst an der Rezeption nach mir.“

Jody nickte und drehte sich wieder zu den Delfinen um. Sie waren jetzt schon viel lebendiger. Wenigstens schien keiner von ihnen krank zu sein. Trotzdem brach es Jody das Herz, sie in diesem kleinen Pool eingepfercht zu sehen. Den armen Tieren blieb nichts anderes übrig, als ständig im Kreis zu schwimmen.

Jody spürte, wie die Wut ihr Tränen in die Augen trieb, doch sie blinzelte sie entschlossen weg. Sie wollte nicht weinen. Sie versuchte sich damit abzulenken, einen Namen für die anderen beiden Delfine zu finden. Sie war sich zwar nicht ganz sicher, aber sie glaubte, dass die anderen beiden Weibchen waren. Ihre graue Haut war genauso glatt und makellos wie die von Chico. Wahrscheinlich waren sie also gleich alt. Die beiden Weibchen sahen aus wie Zwillinge. Jody musterte sie eingehend und versuchte wenigstens einen kleinen Unterschied zwischen ihnen zu entdecken, der sie auf eine Idee für einen Namen bringen konnte.

Plötzlich hörte sie eine Stimme und sie drehte sich neugierig um. Neben dem Pool stand ein Mädchen, das ungefähr in ihrem Alter war. Es trug ein weißes Spitzenkleid und hatte die dunklen Haare zu Zöpfen geflochten. Das Mädchen lächelte sie freundlich an und sprach mit ihr – auf Spanisch.

Jody stand hastig auf und blickte das Mädchen verlegen an. Sie verstand kein Wort.

Das Mädchen hielt inne und lächelte immer noch. Sie wartete auf eine Antwort.

Jody war heilfroh, dass Brittany jetzt nicht hier war und ihren peinlichen Versuch einer Antwort nicht hören konnte. Sie stammelte eine Entschuldigung und erklärte, dass sie nur ein bisschen Spanisch konnte. „*Lo siento mucho, pero yo no hablo espanol.*“

„Oh! Bist du Amerikanerin?“, fragte das Mädchen.

Jody atmete erleichtert auf und nickte.

„Hallo“, sagte das Mädchen. „Ich heiße Carmelita.“

„Ich bin Jody“, antwortete sie.

„Wohnst du mit deiner Familie hier im Hotel?“, fragte Carmelita.

„Nein, nein“, sagte Jody rasch. „Wir wohnen woanders. Wir sind nur wegen der Delfine hier.“

Carmelitas Augen leuchteten. „Wegen der Delfine! Sind sie nicht wunderschön! Ich bin so froh, dass sie in unsere Stadt gekommen sind!“, erklärte sie. „Magst du Delfine auch so gern wie ich?“ Sie blickte lächelnd in den Pool.

„Ja“, nickte Jody. „Ich mag Delfine sogar sehr gern. Meine Eltern sind Meeresbiologen. Delfine sind ihr Spezialgebiet.“

„Oh, das ist ja toll!“, seufzte Carmelita. „Ich wüsste auch gern mehr über sie …“ Sie beugte sich über den Pool. „Sieh mal, da kommt Luna!“

Eines der Weibchen schwamm zu ihnen und kam schnatternd über Wasser. Dann tauchte es wieder unter.

Carmelita lachte vergnügt. „Ich glaube, sie erinnert sich an mich. Ich war nämlich gestern auch schon hier.“

„Heißt sie Luna?“, fragte Jody.

„Keine Ahnung. Den Namen hab ich mir für sie ausgedacht“, erklärte Carmelita. „Wenn man ganz genau hinsieht, erkennt man eine winzige kleine Narbe über ihrem Auge. Die sieht aus wie eine Mondsichel. Und *Luna* heißt Mond *en espanol*“, fügte sie hinzu.

„Ach so“, sagte Jody. Sie war beeindruckt, dass dem Mädchen so ein winziges Detail aufgefallen war. „Und was ist mit den anderen?“, fragte sie. „Hast du denen auch Namen gegeben?“

„Das andere Weibchen hab ich Chata genannt“, sagte Carmelita. Sie lachte und schaute verlegen. „Das ist ein Kosename. Ich weiß nicht, wie man dazu auf Englisch sagt. Es ist wegen dem hier“, sie tippte auf ihre eigene kleine Nase. „Und man sagt es auch zu jemandem, der sehr niedlich ist …“ Sie zuckte mit den Schultern. „Für den Großen ist mir noch kein Name eingefallen.“

„Ich hab ihn Chico genannt“, sagte Jody.

Carmelita strahlte übers ganze Gesicht. „Das hört sich gut an! Chico und Chata und Luna!“ Sie seufzte zufrieden. „Sieh mal, sie lächeln uns an. Ich glaube, die Namen gefallen ihnen.“

Jody schüttelte den Kopf. „Sie lächeln nicht, Carmelita“, sagte sie leise. „Das sieht nur so aus, weil ihr Mund so geformt ist. Weißt du, sie sehen immer so aus – auch wenn sie unglücklich sind. Und ehrlich gesagt, glaube ich, dass sie im Moment sogar ziemlich unglücklich sind.“

Carmelitas Lächeln erstarb. Sie starrte Jody entsetzt an. „Aber wieso denn? Wie kommst du denn darauf?“, fragte sie mit gerunzelter Stirn.

Jody erklärte Carmelita, warum sie mit ihrer Mutter

und Luisa nach Mexiko gekommen war. Sie erzählte, wie Delfine normalerweise im Meer lebten und machte sie auf den gewaltigen Unterschied zwischen dem winzigen, chlorierten Betonbecken und ihrem natürlichen Lebensraum aufmerksam.

Carmelitas Miene spiegelte zuerst Erstaunen und dann Betroffenheit wieder. Als Jody geendet hatte, nahm ihr Gesicht einen entschlossenen Ausdruck an. „Ich will euch bei eurer Kampagne helfen“, sagte sie zu Jody. „Die Delfine müssen unbedingt wieder zurück ins Meer. Wir müssen Señor Martinez davon überzeugen, dass es grausam ist, die Tiere hier auf diese Weise zu halten. Wenn ich das meinem Vater erzähle …“

„Jody!“ Die Stimme ihrer Mutter ließ Jody herumfahren. Gina und Luisa kamen auf sie zu.

„Das ist meine Mutter“, erklärte Jody Carmelita. Sie stellte Gina und Luisa ihre neue Freundin vor.

Luisa begrüßte Carmelita auf Spanisch. Das Mädchen bombardierte Luisa sofort mit Fragen in ihrer Muttersprache. Sie sprach so schnell, dass Jody kein einziges Wort verstand.

Schließlich drehte sich Carmelita zu Jody und Gina um. „Ich möchte, dass ihr mit zu mir nach Hause kommt und meinem Vater von den Delfinen erzählt. Bitte!“

Gina sah Luisa fragend an. Doch diese schüttelte den Kopf. „Tut mir Leid, Carmelita“, sagte sie. „Das ist wirklich sehr nett von dir, aber wir haben noch sehr viel zu tun, wenn wir den Delfinen helfen wollen und jetzt ist es schon Mittag …"

„Sie könnten doch bei uns zu Mittag essen! Es ist immer genügend da. Meine Eltern würden sich bestimmt sehr freuen", fiel ihr Carmelita ins Wort.

Luisa schüttelte erneut den Kopf.

Aber Carmelita gab nicht auf. „Aber wenn Sie die Delfine retten wollen, müssen Sie auf jeden Fall mit meinem Vater sprechen!"

Jody sah Carmelita erstaunt an. Was sollte das denn heißen?

Luisa hob eine Augenbraue und musterte Carmelita skeptisch. „Was du nicht sagst."

Carmelita nickte heftig. „Natürlich. Er ist doch der *Alcade* – ich weiß nicht, wie das auf Englisch heißt, aber er ist sehr, sehr wichtig in unserer Stadt. Mein Vater ist Señor Guillermo Suárez. Er hat Señor Martinez erlaubt, die Delfine in seinem Hotel zu halten."

Luisa riss überrascht die Augen auf. „Dein Vater ist der Bürgermeister?"

Kapitel sieben

Carmelita wohnte ganz in der Nähe des Hotels. Auf dem Weg am Strand entlang schöpfte Jody neuen Mut. Sie hatte die Tochter des Bürgermeisters von der unsäglichen Situation der Delfine überzeugt. Und vielleicht gelang es ihrer Mutter und Luisa, den Bürgermeister davon zu überzeugen, dass es nicht richtig war, wilde Delfine in einem winzigen Betonbecken einzusperren …

Jody hörte, wie ihre Mutter hinter ihr mit Luisa sprach.

„Was hat denn der Tierarzt gesagt?“, fragte Gina.

Luisa seufzte. „Er hat festgestellt, dass alle drei Delfine jung, gesund und kräftig sind. Er meinte, sie würden im Moment zwar etwas unter Stress leiden, sich aber wohl bald wieder erholen. Vielleicht hat er sogar Recht.

Eingesperrte Delfine sterben zwar meistens früher als in ihrer natürlichen Umgebung. Trotzdem kann es gut sein, dass sie noch jahrelang dahinvegetieren, ganz gleich wie unglücklich sie sind. Jedenfalls wollte Señor Martinez nur wissen, ob die Tiere krank sind oder nicht – weil er Angst hatte, dass der tote Delfin die anderen angesteckt haben könnte."

Jody verlangsamte ihr Schritttempo und ging neben Luisa her. „Und warum ist der Delfin gestorben?", wollte sie wissen.

Luisa seufzte. „Der Stress, als sie gefangen wurde, und die lange Reise außerhalb des Wassers waren einfach zu viel für sie", erklärte sie traurig. „Sie war trächtig – da ist so eine Reise ja noch anstrengender."

Jody schlug sich entsetzt die Hand vor den Mund. Sie blieb abrupt stehen und starrte Luisa an. Tränen brannten in ihren Augen.

Sie war traurig und wütend zugleich. Und entschlossener denn je: Sie mussten die drei Delfine unbedingt retten. Chico, Chata und Luna durften auf keinen Fall in Gefangenschaft sterben.

„Da sind wir", erklärte Carmelita. „*Mi casa* – mein Haus." Sie standen vor einer Steinmauer mit einem schwarzen schmiedeeisernen Tor. Carmelita öffnete das Tor und bat ihre Gäste, ihr zu folgen.

Hinter der Mauer befand sich ein üppiger, wunderschöner Garten mit blühenden Büschen und kleinen Bäumen mit schimmernden Blättern. Als sie auf das Haus zugingen, trat ein großer, schlanker Mann vor die Tür.

„Da ist mein Papa“, sagte Carmelita stolz, als er lächelnd auf sie zukam. Sie stellte Jody, Gina und Luisa ihrem Papa vor.

Guillermo Suárez war ein sehr großer, gut aussehender Mann mit einem gepflegten schwarzen Schnurrbart und grau melierten Koteletten. Er hatte die gleichen schönen braunen Augen und langen, dunklen Wimpern wie seine Tochter. Er schüttelte allen die Hand und betrachtete sie aufmerksam. Dann erklärte er, er freue sich sehr, sie kennen zu lernen.

„Sie bleiben doch zum Mittagessen?“, fragte er mit hochgezogenen Augenbrauen.

„Danke, gern. Das ist sehr freundlich von Ihnen“, antwortete Gina.

„Ach was, das ist doch selbstverständlich“, wehrte er ab. „Ich freue mich immer über Gesellschaft. Meine Frau ist heute leider den ganzen Tag in Acapulco bei ihrer Schwester. Bitte folgen Sie mir doch. Dann können wir uns ein bisschen unterhalten.“

Sie folgten ihm ins Haus in einen angenehm kühlen Wohnraum mit hohen Wänden. Während sie es sich bequem machten, kam eine Frau in einem schwarzen Kleid und weißer Schürze herein. Sie trug ein Tablett mit Getränken und reichte jedem ein Glas.

Jody nahm einen großen Schluck eisgekühltes Wasser. Sie hatte gar nicht gemerkt, wie durstig sie war.

Carmelita begann mit ernster Miene mit ihrem Vater auf Spanisch zu sprechen, bis dieser sie plötzlich unterbrach.

„Lass uns Englisch miteinander sprechen, *querida*. Das ist sonst unhöflich unseren Gästen gegenüber", sagte er freundlich.

Carmelita verzog verärgert das Gesicht. „Aber das kann ich nicht auf Englisch erklären. Das ist zu schwierig", murmelte sie. Plötzlich hellte sich ihre Miene wieder auf. Sie sah Jody an. „Aber Jody kann dir ja alles über die Delfine erzählen."

Jody hätte sich beinahe verschluckt. Sie wurde rot. Es war zwar leicht, Carmelita alles zu erklären – aber dem Bürgermeister! Sie sah Luisa Hilfe suchend an.

Sie lächelte und nickte. Ihre Stimme klang plötzlich viel offizieller. „Señor Suárez, ich arbeite für den Verband zum Schutz der Wale und Delfine. Der Verband hat mich hierher geschickt, weil wir erfahren haben, dass hier Delfine unter grausamen Bedingungen gehalten werden."

Señor Suárez runzelte die Stirn. „Meinen Sie etwa die Delfine vom Hotel Miramar?", fragte er überrascht.

„Señor Martinez ist ganz bestimmt kein grausamer Mann! Das muss ein Irrtum sein. Davon konnten Sie sich doch sicher schon selbst überzeugen …“

„Es ist leider kein Irrtum, Papa!“, platzte Carmelita heraus. „Jody hat mir alles erklärt. Es ist grausam, Delfine in so einem kleinen Becken zu halten. Und dann noch immerzu diese laute Musik! Delfine leben doch normalerweise im Meer. Die Musik tut ihren Ohren weh … Außerdem hat Señor Martinez viel zu viel Chlor ins Wasser gekippt. Das ist auch nicht gut für sie!“ Carmelita hielt atemlos inne.

Señor Suárez sah seine Tochter prüfend an. „Du hast deine Meinung aber schnell geändert, *Querida*“, sagte er.

Carmelita nickte heftig. „Natürlich! Wenn du ihnen zuhörst, wirst du bestimmt auch verstehen, dass man die Delfine unbedingt wieder freilassen muss. Sie sterben sonst!“

„Soso“, sagte er langsam. „Ist das tatsächlich dasselbe Mädchen, das sich so gefreut hat, dass die Delfine hierher kommen?“

„Ja“, erklärte Carmelita bestimmt. „Ich liebe Delfine über alles und weiß, dass sie im Hotel unglücklich sind. Dann will ich auch nicht, dass sie hier bleiben. Sie gehören ins Meer.“

In diesem Moment betrat das Dienstmädchen wieder den Raum. Señor Suárez erhob sich. „Das Essen ist serviert“, verkündete er. „Bitte folgen Sie mir. Wir können uns beim Essen weiterunterhalten.“

Vom Speisezimmer hatte man durch zwei große Terrassentüren einen wunderschönen Blick auf den Garten. Jody atmete tief ein. Der Duft von geschmolzenem Käse, gedünsteten Zwiebeln und Paprikaschoten sowie frischen Maistortillas ließ ihr das Wasser im Mund zusammenlaufen. Auf der langen Tafel standen große Platten mit Tortillas, Enchilladas, Tamales, gefüllten Paprika und ein knackiger frischer Salat.

In den nächsten Minuten drehte sich die Unterhaltung nur noch um das köstliche Essen.

Dann kam Carmelitas Vater wieder auf die Delfine zu sprechen. „Wenn ich Sie richtig verstehe, gibt es mehrere Argumente, die dafür sprechen, dass es den Delfinen hier nicht gut geht“, wandte er sich an seine Gäste. „Wahrscheinlich fühlen sie sich im Meer wirklich viel wohler …“

Jody hielt aufgeregt den Atem an. Wer hätte gedacht, dass es so leicht sein würde, die Delfine wieder freizubekommen?

Doch dann fuhr Señor Suárez mit Bedauern fort: „Ich weiß sehr wohl, dass heutzutage viele Menschen dagegen sind, Tiere einzusperren, egal ob in Zoos oder anderswo. Aber das sehen nicht alle Leute so. Glauben Sie mir, ich kann Ihren Standpunkt sehr gut nachvollziehen. Ich bin selbst ein großer Tierfreund", sagte er und lächelte Luisa herzlich zu.

Dann verschwand sein Lächeln wieder und er zuckte hilflos mit den Schultern. „Aber in Mexiko ist es völlig legal, Delfine aus kommerziellen Zwecken zu halten. Ich habe Señor Martinez' Papiere mit eigenen Augen gesehen. Die Unterlagen sind alle in Ordnung. Sie müssen wohl oder übel akzeptieren, dass das Hotel Miramar alle gesetzlichen Auflagen erfüllt."

Jody rutschte das Herz in die Hose. Ihr war plötzlich der Appetit vergangen.

„Ich bin mir da nicht so sicher, dass das Hotel wirklich alle Gesetze einhält", antwortete Luisa ruhig.

Der Bürgermeister hob fragend die Augenbrauen.

„Es gibt internationale Gesetze gegen Tierquälerei", rief sie ihm ins Gedächtnis. „Ich will damit auf keinen Fall sagen, dass Señor Martinez die Delfine absichtlich quält. Das Problem ist, dass er keine Ahnung von Delfinen und ihrer Pflege hat. Die Situation in diesem winzigen Becken mitten in einer lauten Bar ist sehr stressig und gefährlich für die Tiere. Und das ist noch nicht alles." Sie hielt inne. „Wissen Sie, dass Señor Suárez vorhat, Bungee-Jumping anzubieten?"

„Nein, davon weiß ich noch nichts. Und wie soll das genau aussehen?", fragte Señor Suárez überrascht.

„Das hat er mir heute Morgen im Büro erzählt", antwortete Luisa. „Er möchte tagsüber gerne noch mehr Gäste in seine Bar locken. Und da ist er auf die Idee gekommen, dort Bungee-Jumping zu veranstalten."

Jody sah Luisa verwirrt an. „Und was hat das mit den Delfinen zu tun?", fragte sie.

Luisa wandt sich an sie. „Die Leute sollen direkt ins Delfinbecken springen", sagte sie tonlos.

Jody war entsetzt. „Aber das ist doch total gefährlich für die Delfine!", rief sie.

„Natürlich", nickte Luisa mit grimmiger Miene. „Die Leute könnten sie treten oder boxen … Und abgesehen von der Verletzungsgefahr werden die armen Tiere einen Riesenschreck bekommen, wenn ständig fremde Menschen kreischend zu ihnen ins Wasser springen!" Sie hielt inne. „Eingesperrte Delfine können genauso psychisch krank werden wie Menschen, die psychisch gequält werden. Señor Martinez wird bestimmt einsehen, dass die Vorstellung einfach schrecklich ist, dass einem ständig irgendwelche Leute auf den Kopf springen. Egal, ob Delfin oder Mensch!"

„Mir leuchtet das auf jeden Fall ein", versicherte ihr Señor Suárez. Er war ganz blass geworden. „Machen Sie sich keine Sorgen. Für so etwas braucht er eine Genehmigung – und das werde ich auf keinen Fall zulassen. Natürlich werde ich ihm auch sagen, warum nicht."

„Ich habe alles versucht, um ihm klar zu machen,

warum sein neuestes Projekt für die Delfine so grausam ist", sagte Luisa. „Aber er konnte – oder wollte – es einfach nicht verstehen. Wissen Sie, viele Leute, die mit Delfin-Shows ihr Geld verdienen, behaupten immer, die Menschen würden bei ihnen etwas über Delfine lernen. Und dass es doch so wichtig für die Menschen und die Delfine wäre, mehr übereinander zu erfahren. Aber bei Señor Martinez lernen die Gäste rein gar nichts über die Tiere. Die meisten interessieren sich überhaupt nicht für sie. Sie ärgern sie höchstens. Und selbst die, die sich für die Tiere interessieren, glauben nach so einem Besuch, dass Delfine Spielsachen für Touristen sind und keine intelligenten Lebewesen."

Sie sah Señor Suárez flehend an. „Señor Martinez hat kein Recht dazu, die Tiere unter diesen grausamen Bedingungen zu halten. Es ist einfach nicht richtig. Können Sie ihm die Genehmigung für die Delfine nicht einfach wieder entziehen?"

Man sah Señor Suárez an, dass ihn Luisas Worte nicht kalt ließen.

Carmelita wandte sich mit großen bittenden Augen an ihren Vater. *„Por favor, Papa*! Du musst den armen Delfinen helfen!"

Der Bürgermeister seufzte und schüttelte den Kopf. „Das ist nicht so einfach, wie du denkst", antwortete er. „Wie gesagt, Jorge Martinez verstößt nicht gegen das

Gesetz …" Er hielt inne und strich sich gedankenverloren über seinen gepflegten Schnurrbart. „Wir können nur versuchen, Señor Martinez dazu zu bringen, die Tiere freiwillig freizulassen", sagte er nachdenklich. „Das Problem ist, dass er viel Geld für die Tiere bezahlt hat. Darauf wird er ganz bestimmt nicht einfach so verzichten wollen. Es sei denn, er bekommt etwas anderes dafür …"

„Dann kaufen wir ihm die Tiere eben einfach wieder ab", meinte Gina.

Alle drehten sich überrascht zu ihr um. Gina lächelte. „Dr. Taylor hat mir vor unserer Abreise noch einmal ans Herz gelegt, wie wichtig es für PETROCO wäre, dass unsere Mission gelingt. Er sagte, seine Firma sei sogar bereit, den Marktpreis für die Delfine und den Rücktransport zu bezahlen. Dafür soll der Verband in einer Presseerklärung klarstellen, dass die Rettung ohne die Firma PETROCO, den ‚*Freund und Helfer der Delfine*' nie gelungen wäre." Gina schüttelte lachend den Kopf.

Jody lächelte erleichtert. Nur Luisa machte ein skeptisches Gesicht. „Was ist los?", fragte Jody.

„Ich frage mich, ob uns Señor Martinez die Tiere verkaufen wird", antwortete Luisa. „Er hat mir nämlich heute Morgen auch erzählt, dass ihm schon mehrere Hoteliers viel Geld für die Delfine geboten haben. Und dass er nicht im Traum daran denken würde, die Tiere zu verkaufen, weil er sie viel zu sehr liebt. Außerdem ist er felsenfest davon überzeugt, dass sich die Delfine in den kommenden Jahren zu einer Goldgrube entwickeln werden. Er will sie auf keinen Fall hergeben."

Jody stöhnte.

„Keine Sorge. Das schaffen wir schon", sagte Señor Suárez immer noch in Gedanken versunken. Plötzlich erschien ein Lächeln auf seinem Gesicht und er sah sie alle an. „Wir dürfen jetzt keinen Fehler machen. Doch mir ist gerade eine Idee gekommen, wie wir es schaffen können, dass es in Señor Martinez' bestem Interesse ist, die Tiere zu verkaufen und zugleich PETROCO und Sie alle zufrieden sind."

Kapitel acht

Señor Suárez spannte sie auf die Folter, bis sie mit dem Mittagessen fertig waren. Erst dann erklärte er ihnen seinen Plan.

Als das Dienstmädchen später den Nachtisch servierte – einen cremigen Käsekuchen mit Karamellüberzug –, seufzten Luisa und Carmelita entzückt auf. Carmelitas Vater nahm das Dienstmädchen beiseite und wechselte leise ein paar Worte mit ihm.

Kurz darauf kam das Mädchen mit einem Tablett zurück, auf dem eine silberne Kaffeekanne und Tassen standen. Neben dem Geschirr lagen ein Schreibblock und ein Stift.

Señor Suárez drückte Luisa den Block und den Stift in die Hand. Sie sah ihn verwundert an.

„Jetzt essen Sie erst mal Ihren Nachtisch auf“, sagte er lächelnd. „Und dann können Sie bei einer Tasse Kaffee in Ruhe aufschreiben, wie Señor Suárez die Strandbar umgestalten müsste, damit die Delfine artgerecht untergebracht wären.“

Luisa ließ den Kopf hängen, doch sie zwang sich zu einem Lächeln. „Na schön. Wenn Sie wirklich glauben, dass wir ihn nicht davon überzeugen können, uns die Tiere zu verkaufen“, meinte sie betrübt.

„Glauben Sie mir, ich werde alles tun, was in meiner Macht steht“, erwiderte er. „Aber sollte er sich tatsächlich weigern … Die Hauptsache ist doch, dass es den Tieren gut geht. Bitte schreiben Sie alles auf, was er an der Situation verbessern könnte.“

Luisa nickte und griff seufzend nach dem Stift und dem Block. „Da fällt mir schon einiges ein. Zum Teil sind es nur Kleinigkeiten“, antwortete sie. „Aber die Änderungen, die mir wirklich am Herzen liegen, sind alle ziemlich teuer …“

„Das ist gut“, sagte Señor Suárez schnell. Er lächelte. „Je teurer desto besser. Lassen Sie Ihrer Fantasie freien Lauf. Wenn die Tiere schon nicht in Freiheit leben können, dann stellen Sie sich für sie die bestmögliche Alternative vor.“

Luisa sah ihn verwirrt an. „Aber ich kann mir nicht vorstellen, dass Señor Martinez damit einverstanden sein wird …“ Sie hielt inne und sah den Bürgermeister fragend an. „Was haben Sie genau vor, Señor?“

„Ja, sag schon, Papa!“, rief Carmelita ungeduldig.

Ihr Vater hob die Hände. „Na schön. Also, ich habe mir das so gedacht …“ Er holte tief Luft und lehnte sich in seinem Stuhl zurück. „Morgen früh, Señorita Suárez, werden Sie und ich zur Strandbar gehen. Ich weiß, dass Señor Martinez alles dafür tut, dass sich seine Gäste bei ihm wohl fühlen, und deshalb werde ich ihm Folgendes erklären: Ich wüsste aus sicherer Quelle, dass kein amerikanischer Tourist in einem Hotel wohnen möchte, in dem Delfine unter solchen Bedingungen gehalten werden. Und dass ihm die Tiere so nicht nur kein Geld, sondern auch noch sein Hotel und die ganze Stadt in Verruf bringen. Und ich deshalb darauf bestehen muss, dass er sofort etwas an den Bedingungen ändert.“

Señor Suárez lächelte und nippte an seiner Kaffeetasse. „Wenn ihm erst mal dämmert, wie kostspielig diese Maßnahmen sind, wird ihm das Herz bluten, das weiß ich jetzt schon … Und dann wird er vielleicht von sich aus auf die Idee kommen, dass er sich das nicht leisten kann und die Delfine verkaufen muss …“

„Und PETROCO kauft sie ihm ab!“, entfuhr es Jody.

Señor Suárez nickte.

„Aber was ist, wenn Señor Martinez die Delfine an jemanden anders weiterverkauft?“, wandte Luisa mit besorgter Miene ein. „Er hat mir selbst erzählt, dass er schon Angebote von anderen Hoteliers vorliegen hat. Vielleicht landen die armen Tiere dann irgendwo, wo es ihnen noch schlimmer ergeht!“

„Keine Angst. Wenn er die Tiere tatsächlich verkauft, dann bestimmt an PETROCO“, antwortete Señor Suárez zuversichtlich. „Ich weiß nämlich zufällig noch etwas Wichtiges“, erklärte er. „Ihnen ist sicher nicht entgangen, dass Señor Martinez ein sehr geschäftstüchtiger Mann ist. Er ist ständig auf der Suche nach neuen Möglichkeiten, Geld zu verdienen.“

Jody dachte an die Delfine und die haarsträubende Idee mit den Bungee-Springern und nickte.

Señor Suárez fuhr fort: „Señor Martinez möchte schon seit ein paar Monaten eine Tankstelle ganz in der Nähe des Hotels eröffnen. Er hat schon mit mehreren Mineralölfirmen verhandelt, aber bis jetzt war keine bereit, ihm Benzin zu einem für ihn akzeptablen Preis zu verkaufen. Wenn Señor Martinez PETROCO einen Gefallen tut, indem er ihnen die Delfine verkauft oder sogar schenkt. Dann wird ihm PETROCO im Gegenzug doch bestimmt auch einen Gefallen tun, meinen Sie nicht?“ Er richtete seinen Blick auf Gina und hob fragend die Augenbrauen.

Gina verzog den Mund zu einem breiten Lächeln. „Ganz sicher“, stimmte sie ihm zu.

Señor Suárez erwiderte ihr Lächeln. „Davon wird Señor Martinez auch ausgehen“, sagte er.

Carmelita drückte Jodys Arm und flüsterte ihr ins Ohr: „Siehst du? Ich hab euch doch gleich gesagt, dass mein Papa helfen wird!“

Am nächsten Morgen holte der Bürgermeister Luisa, Gina und Jody in einer Limousine mit Chauffeur ab. Auf der Fahrt erzählte ihnen Señor Suárez, dass seine Tochter unbedingt mitkommen wollte. Doch er hatte darauf bestanden, dass sie in die Schule ging.

Señor Suárez hatte mit Señor Martinez einen Gesprächstermin vereinbart. Der Hotelbesitzer machte ein ziemlich verblüfftes Gesicht, als er sah, dass der Bürgermeister nicht alleine kam. Und er war noch überraschter, dass die Unterredung in der Strandbar und nicht im komfortablen Konferenzzimmer stattfinden sollte.

So wurde zum ersten Mal die ohrenbetäubende Barmusik abgestellt – auf ausdrücklichen Wunsch des Besitzers.

Während sich Señor Suárez, Señor Martinez und Luisa auf Spanisch unterhielten, trat Jody mit ihrer Mutter ans Becken.

Erleichtert stellte sie fest, dass der durchdringende

Chlorgeruch nachgelassen hatte. Außerdem war der Pool diesmal richtig gereinigt worden – wahrscheinlich weil sich der Bürgermeister angekündigt hatte.

Chata, Luna und Chico machten einen aufgeweckteren Eindruck als am Tag zuvor. Als sich Jody an den Beckenrand setzte, schwammen die beiden Weibchen sofort zu ihr, streckten ihre Köpfe aus dem Wasser und sahen sie neugierig an.

Jody lächelte ihnen zu. „Hallo, ihr zwei! Wisst ihr noch, wer ich bin?“, fragte sie.

Luna macht den Mund mehrmals auf und zu und tauchte wieder unter. Chata sah Jody noch einen Moment lang an und folgte dann ihrer Freundin.

Jody sah sich suchend nach Chico um. Der junge Delfin schwamm zügig im Kreis. Sie lächelte. Er war so ein schöner, geschmeidiger, starker Delfin und sie war froh, dass er sich bewegte.

Doch dann erstarb ihr Lächeln plötzlich. Irgendetwas stimmte nicht mit ihm. Chico bewegte sich merkwürdig gehetzt – als wollte er sich absichtlich schwindlig machen. Das ist doch nicht normal, dachte Jody besorgt und sah ihre Mutter fragend an.

Ginas Miene war ebenfalls besorgt. Als ihre Mutter erschrocken zusammenzuckte, sah Jody rasch wieder ins Wasser. Sie sah gerade noch, wie Chico mit voller Wucht die Beckenwand rammte. Dann machte er kehrt und tat es noch einmal. Seine Flanke streifte die raue Beckenwand.

Jody hielt entsetzt den Atem an. Das tat doch weh! Da, er machte es schon wieder!

Ratlos beobachtete sie das rätselhafte Verhalten des Delfinmännchens. Delfine schwammen nie gegen harte, unbewegliche Gegenstände. Sie hatten einen speziellen Orientierungssinn, mit dem sie sich sogar in völliger Dunkelheit zurechtfinden konnten. Sie „hörten" sozusagen, wo sich ein Gegenstand befand – so ähnlich wie Fledermäuse.

„Was macht er denn bloß?", fragte sie ihre Mutter.

Gina legte den Arm um ihre Tochter. „Der arme Kerl weiß, dass er eingesperrt ist – und findet es schrecklich. Hoffentlich kriegen wir ihn hier rechtzeitig raus, bevor er sich ernsthaft verletzt."

In diesem Moment schwamm Chico erneut gegen die harte Betonwand des Pools.

„Willst du damit etwa sagen, dass er das absichtlich macht?", fragte Jody ungläubig.

Gina seufzte. „Leider ja."

„Aber warum denn?", fragte Jody.

Ihre Mutter schüttelte den Kopf. „Angst und Frustration … Manche Tiere können sich einfach nicht an ein Leben in Gefangenschaft gewöhnen", sagte sie leise.

Jody traten die Tränen in die Augen. Sie ballte die

Hände zu Fäusten. Sie mussten Chico und die beiden Weibchen unbedingt retten!

Hinter ihr war die Unterhaltung zwischen dem Hotelbesitzer und dem Bürgermeister deutlich lauter geworden. Señor Martinez' Stimme klang plötzlich ärgerlich. Dann schaltete sich Luisas ruhige und freundliche Stimme dazwischen. Jody hörte nur ein Wort aus dem vielen, schnellen Spanisch heraus: PETROCO.

Das Wort schien eine magische Wirkung auf Señor Martinez zu haben.

„PETROCO?", wiederholte er.

Jody drehte sich neugierig um.

Luisa nickte. „PETROCO ..." Jody verstand leider immer noch nur Bahnhof. *Delfínes*, das spanische Wort für Delfine, konnte sie immerhin noch verstehen.

Señor Martinez sah Luisa an, als hätte sie sich urplötzlich in eine gute Fee verwandelt. Seine dunklen Augen glänzten. Er unterbrach sie mit einem Wortschwall. Dabei deutete er zuerst auf sich und dann auf den Pool. Mit einer tiefen Verbeugung gab er Luisa zu verstehen, dass er ihr die Delfine als Geschenk überreichte.

Als er Gina und Jodys gespannte Gesichter sah, sprach er auf Englisch weiter. „Sagen Sie PETROCO, dass ich hocherfreut darüber bin, dass sie der Freund und Helfer der Delfine sind. Und dass ich, Jorge Martinez, ein großer Freund von PETROCO bin. Und deshalb überreiche ich Ihnen meine Delfine als Zeichen meiner Freundschaft, in der Hoffnung auf eine lange und erfolgreiche berufliche Zusammenarbeit …"

24. September, morgens, im Flugzeug auf dem Weg von Acapulco nach Kingston
Mom und ich fliegen zur *Dolphin Dreamer* zurück. Luisa ist noch in Mexiko geblieben und kümmert sich um den Rücktransport der Delfine. Mom hat ihr versprochen, dass wir bei der *Amigo del Mar* die Stellung halten, bis sie wieder zurück ist. Dann werden wir mit eigenen Augen sehen, wie Chico, Chata und Luna wieder nach Hause kommen! Ich kann es kaum erwarten!
Als ich gehört habe, dass die Delfine wieder im Flugzeug transportiert werden sollen, habe ich mir erst große Sorgen gemacht … Die Hinreise war doch schon so anstrengend für sie. Ich hatte Angst, dass noch ein Delfin stirbt. Ich dachte, es wäre sicherer, sie per Schiff nach Hause zu bringen. Aber Luisa hat mir erklärt, dass sie diesmal die Tiere begleiten und aufpassen würde, dass die internationalen Luftfrachtgesetze für Wildtiere eingehalten werden. Luisa und ein speziell ausgebildeter Tierarzt

fliegen mit und achten darauf, dass die Haut der Delfine nicht austrocknet und ihnen nicht zu heiß wird oder sie sich sonst wie unwohl fühlen. Letztes Mal hat man sie einfach nur auf eine Matte gelegt, aber diesmal werden sie auf speziellen gepolsterten Leinentragen mit Schlitzen für ihre Flossen transportiert. Und sie liegen so nah beieinander, dass sie sich gegenseitig trösten können und sich nicht allein fühlen. In dem Flugzeug fliegen keine anderen Passagiere oder andere Fracht mit. Sogar der Motorenlärm wird gedämpft. Das Gute daran ist natürlich, dass sie mit dem Flugzeug viel schneller als mit dem Schiff sind und nicht so lange außerhalb des Wassers bleiben müssen. Ich bin überglücklich! Was für ein Glück, dass ich Carmelita kennen gelernt habe. Sie ist auch sehr froh und wahnsinnig stolz auf ihren Papa!

Endlich waren sie wieder an Bord der *Dolphin Dreamer*. Beim Abendessen berichteten Gina und Jody abwechselnd von ihren aufregenden Erlebnissen in Mexiko.

„Wow“, meinte Craig neidisch. „Das klingt ja wirklich toll! Zu schade, dass ich nicht dabei sein konnte, als die drei Musketiere in Aktion waren.“

„Wenn schon, dann waren es vier Musketiere, wenn man Señor Suárez mitrechnet“, verbesserte ihn Gina. „Ohne seine Hilfe hätten wir bestimmt nichts erreicht.“

„Von wegen vier. Fünf!“, wandte Jody ein. „Du hast Carmelita vergessen. Ohne sie hätten wir ihren Vater nie kennen gelernt.“

Craig seufzte. „Hier habt ihr jedenfalls nichts verpasst.“

„So? Musstet ihr denn gar keine Delfin-Jäger in die Flucht jagen?“, fragte Gina augenzwinkernd.

Craig schüttelte mit bedauernder Miene den Kopf. „Nö. Hier ist einfach nichts passiert. Absolut tote Hose.“

„Na, na, das kann man so aber nicht sagen“, wandte Dr. Taylor ein. Er schob seinen leeren Teller beiseite und blickte Craig über seine dicken Brillengläser hinweg an. „Ich bin mit meiner Arbeit gut vorangekommen. Ich kann Ihnen sogar versprechen, dass ich Ihnen schon morgen Abend die Ergebnisse unserer Populationsstudie präsentieren kann.“

„Wie schön“, sagte Gina begeistert. „Darüber wird sich Luisa bestimmt sehr freuen.“

„Ich hab auch gute Neuigkeiten“, meldete sich Sean. Alle sahen zu ihm hinüber und er lächelte stolz. „Ich kann jetzt schon die Fünferreihe vom kleinen Einmaleins!“

„Das stimmt“, bestätigte Maddie lachend, als Gina sie fragend ansah.

Brittany verdrehte die Augen. „Kein Wunder, du hast in den letzten Tagen ja auch nichts anderes getan, als das herunterzubeten“, brummte sie.

„Ich bin begeistert“, wandte sich Gina lächelnd an Sean. Dann sah sie Jimmy an. „Und was ist mit dir?“

Jimmy zog eine Schnute. „Ich auch“, murmelte er. „Fast.“

„Stimmt doch gar nicht“, rief Sean.

„Doch“, widersprach Jimmy. „Ich hab doch gesagt: Fast!“

„Genau. Du musst nur noch ein bisschen üben“, kam ihm Maddie zu Hilfe, um den Streit zu beenden. „Morgen machen wir damit weiter.“

„Und vergiss Jodys Spanischtest nicht“, wandte sich Brittany plötzlich an Maddie. Sie sah Jody herausfordernd an und sagte: „Jody hatte jetzt ja genug Übung!“

Bei dem Gedanken an den Test wurde Jody plötzlich ganz mulmig zu Mute. Sie konnte nicht einmal sagen, wovor sie mehr Angst hatte, vor den Grammatikfragen oder dem Vokabeltest. Carmelita und ihr Vater hatten so gut Englisch gesprochen, dass sie ihre kümmerlichen Spanischkenntnisse kaum gebraucht hatte. Sie versuchte sich selbst Mut zu machen, indem sie zu Maddie sagte: „Luisa hat gemeint, meine Aussprache ist schon viel besser geworden.“

„Na also“, antwortete Maddie. „Aber eine gute Aussprache ist natürlich noch nicht alles. Du hattest ja in Mexiko ziemlich viel um die Ohren und deshalb rate ich dir, heute Abend noch ein bisschen Vokabeln zu pauken", sagte sie mit Nachdruck.

Jody seufzte und nickte. Hier war alles beim Alten: schnippische Bemerkungen von Brittany, Schulaufgaben und Tests. Immerhin hatte sie in den letzten Tagen keine Schularbeiten machen müssen, dachte sie. „Ich fang sofort damit an", versprach sie und stand vom Tisch auf.

Am nächsten Morgen ging Jody noch vor dem Frühstück an Deck und hielt nach Frida Ausschau. Der Delfin hatte sich am Vortag nicht blicken lassen. Wenn Frida nicht bald auftauchte, würde sich Luisa bestimmt wieder große Sorgen um sie machen.

Plötzlich hörte Jody ein klatschendes Geräusch. Ihr Blick wanderte zur *Amigo del Mar* hinüber. Sie sah gerade noch, wie ein Delfin unter der Wasseroberfläche verschwand. Gespannt wartete Jody ab. Der Delfin schnellte erneut aus dem Wasser. Es bestand kein Zweifel: Es war Frida. Der vernarbte, fleckige Bauch war unverwechselbar.

Frida sprang in regelmäßigen Abständen aus dem Wasser und bewegte sich zielstrebig um das Boot herum.

Es sah aus, als versuchte der Delfin einen Blick aufs Deck zu werfen, um zu sehen, ob jemand da war.

Natürlich, dachte Jody. Frida war bestimmt verwirrt. Bis jetzt hatte Luisa ihr Boot noch nie alleine zurückgelassen.

Sie beugte sich tief über die Reling und rief Frida zu: „Luisa ist nicht da! Da ist niemand. Aber wir sind hier. Hier drüben!"

Das Delfinweibchen drehte sich in der Luft, als hätte sie ihre Worte gehört. Sie schwamm rasch zur *Dolphin Dreamer* hinüber. Dort schnellte sie erneut aus dem Wasser und sprang direkt vor Jody in die Luft. Einen kurzen Moment lang waren sie beide auf gleicher Höhe und sahen sich in die Augen. Dann fiel Frida laut klatschend ins Wasser zurück. Jody wischte sich die Wassertropfen aus dem Gesicht und beugte sich nach vorn, um sie nicht aus den Augen zu verlieren.

Ihr Herz raste. Sie spürte ein starkes, sonderbares Gefühl der Verbundenheit mit diesem wilden Lebewesen. Und sie war sich sicher, dass Frida das Gleiche spürte. Der Delfin schwamm schnatternd und pfeifend am Schiffsrumpf entlang und beobachtete Jody mit glänzenden intelligenten Augen. Frida schien ziemlich aufgeregt. So hatte Jody sie noch nie erlebt.

Jody konzentrierte sich ganz auf Frida, denn sie wollte unbedingt verstehen, was sie sagen wollte. Natürlich konnte sie die Tierlaute nicht in die menschliche Sprache übersetzen. Und trotzdem glaubte sie zu wissen, was Frida von ihr wissen wollte. Sie hoffte, dass sie ihre Frage beantworten konnte.

„Luisa ist nicht da", erklärte Jody dem unruhigen Delfinweibchen. „Du musst keine Angst haben. Es geht ihr gut! Bleib einfach in der Nähe. Sie kommt bald wieder. Sie kommt mit den anderen Delfinen, die hierher gehören. Ganz bestimmt!"

Der Delfin hielt einen kurzen Moment lang regungslos inne und gab keinen Laut von sich. Ob Frida sie verstanden hatte? Doch vielleicht war das Weibchen auch aus einem ganz anderen Grund so aufgeregt und wollte ihr etwas ganz anderes sagen .... Jody wünschte verzweifelt, Luisa wäre jetzt hier. Sie könnte Fridas Verhalten bestimmt viel besser verstehen als sie.

„Luisa kommt bald wieder", rief Jody noch einmal und sah dem wartenden Delfin fest in die Augen. „Es ist alles in Ordnung!"

Frida stieß eine Reihe von kurzen Schnalzern und einen Pfeifton aus. Jetzt war sie sogar noch aufgeregter.

Jody biss sich auf die Unterlippe. Was war bloß mit Frida los? Ihr fiel einfach nichts mehr ein, was sie sagen oder tun konnte und so musste sie hilflos zusehen, wie der Delfin schließlich untertauchte und zur *Amigo del Mar* zurückkehrte.

Das Weibchen drehte schnalzend und pfeifend noch zwei Runden um das Boot. Dann schwamm es rasch weiter und war schon bald außer Sichtweite.

Kapitel neun

25. September, nachmittags, vor Anker
kurz vor Jamaika
Den Spanischtest habe ich total verhauen. Ich weiß auch nicht warum, ich kann mir die Wörter einfach nicht merken ... Brittany hat natürlich eine glatte Eins bekommen. Sie hat einen mündlichen Test gemacht – wegen ihrer Lese- und Rechtschreibschwäche. Und jetzt bildet sie sich mal wieder wahnsinnig was drauf ein! Maddie hat mir massenweise Übungen aufgegeben. Sie meinte, ich soll mich noch mehr anstrengen ...
Dabei strenge ich mich doch schon so an!
Sprachen sind eben einfach nicht meine Stärke.

Zu Hause war Lindsay auch viel besser in Spanisch als ich und hat mir immer geholfen. Wäre bloß Lindsay hier und nicht Brittany ...

„Ach, seit wann machst du denn deine Spanisch-Übungen in deinem Tagebuch?“

Brittanys spöttische Stimme riss Jody aus ihren Gedanken. Sie sah genervt auf und spürte, wie sie rot wurde.

„Du wärst bestimmt viel besser in Spanisch, wenn du ein bisschen mehr üben würdest, anstatt dauernd in dein albernes Tagebuch zu kritzeln“, meinte Brittany überheblich.

Jody wäre ihr am liebsten an die Gurgel gesprungen. Krampfhaft suchte sie nach einer Retourkutsche … Doch dann hatte sie plötzlich eine viel bessere Idee.

„Du hast ja Recht“, sagte sie. „Wie schaffst du das nur, dass du so gut in Spanisch bist? Kannst du mir vielleicht helfen?“

Brittany blinzelte überrascht. Mit dieser Reaktion hatte sie anscheinend nicht gerechnet. Einen kurzen Moment lang war sie sprachlos.

„Na, komm schon. Du machst das doch mit links“, beharrte Jody.

Brittany zögerte. Sie nickte zaghaft. „Na schön, warum eigentlich nicht …“, antwortete sie langsam.

„Super!“, rief Jody. Sie schnappte sich ihre Vokabelliste und schob sie Brittany hin. „Lies mir doch mal die Wörter vor“, bat sie.

Brittanys Miene verdüsterte sich schlagartig. Sie funkelte Jody wütend an.

„So geht das nicht“, erklärte sie entschieden, ohne das Blatt auch nur anzurühren.

„Ach, entschuldige“, sagte Jody und tat so, als fiele es ihr erst jetzt wieder ein. „Du bist mündlich so ein Genie, dass ich ganz vergessen habe, dass du nicht so gut lesen und schreiben kannst.“

Brittanys Miene war düster.

Jody jubelte innerlich. Sie hatte genau ins Schwarze getroffen. Mehr wollte sie gar nicht. Hoffentlich war die Tochter des Kapitäns nun endlich zu einem Waffenstillstand bereit. Brittany schien ernsthaft nachzudenken.

„Meine beste Freundin Lindsay hat mir immer bei den Spanisch-Hausaufgaben geholfen und ich ihr dafür in Kunst und Musik. Das war so eine Art Deal zwischen uns …“, fügte Jody leise hinzu.

Brittanys Miene hellte sich langsam wieder auf. Schließlich nickte sie.

„Ich glaube, ich weiß, wie wir zusammen üben können“, meinte sie. „Du liest mir die Wörter vor und ich wiederhole sie. Dann kannst du vergleichen, ob deine Aussprache richtig ist. Und dann bilde ich einen Satz mit dem Wort und du wiederholst ihn und sagst mir, was das Ganze auf Englisch heißt."

Jody lächelte und nickte begeistert. „Gute Idee. Genau so machen wir's."

Nachdem Jody und Brittany eine halbe Stunde lang in ihrer Kabine geübt hatten, beschlossen sie, sich eine Pause an der frischen Luft zu gönnen.

Jody konnte es immer noch nicht glauben, dass sie tatsächlich zusammen gelernt hatten. Sie hatte nicht wirklich damit gerechnet, dass Brittany auf ihren Vorschlag eingehen würde.

An Deck spielten Harry und Mei Lin Schach. Cam streifte rastlos umher und polierte die Metallteile an Bord. Dabei waren sie schon längst alle blitzblank vom vielen Putzen.

Jodys Vater stand an der Reling und blickte schweigend aufs Meer hinaus. Sie trat zu ihm. „Hast du Frida zufällig gesehen?", fragte sie ihn.

„Schon länger nicht mehr", antwortete er. „Aber da draußen treibt sich eine ziemlich große Gruppe Großer Tümmler herum. Bei denen ist vielleicht was los! Wahrscheinlich jagen sie gerade einem Fischschwarm hinterher."

„Wo denn?“, fragte Jody aufgeregt. Ihr Blick glitt suchend übers Wasser.

Craig streckte die Hand aus und deutete nach vorn. Dann streifte er sich das Fernglas vom Hals und reichte es ihr. „Hier. Damit findest du sie schneller“, meinte er. „Ich glaube, sie schwimmen da lang.“

Jody griff nach dem Fernglas und stellte es scharf. Sie suchte die grüngrauen Wellen in der Richtung ab, in die ihr Vater gezeigt hatte. Ihr Blick streifte eine Seemöwe, die im Steilflug nach unten flog. Der Vogel schnappte sich blitzschnell einen Fisch, der aus dem Wasser sprang. Dort schienen jede Menge Fische aus dem Wasser zu springen … In diesem Moment entdeckte Jody plötzlich eine viel größere, glatte, graue Gestalt, die den Fischen hinterhersprang … und noch eine. „Ich hab sie!“, rief sie triumphierend.

Jetzt sah sie eine riesige Gruppe Großer Tümmler. Die starken, gesunden und lebhaften Tiere glitten durch das offene Meer, verschwanden ab und zu vollständig unter der Wasseroberfläche und schnellten urplötzlich voller Anmut aus dem Wasser … Jody musste unwillkürlich an die drei Delfine denken, die in diesem schmutzigen Pool eingepfercht gewesen waren. Einen größeren Gegensatz konnte man sich kaum vorstellen!

Sie war froh, dass die drei bald wieder hier waren. Dann konnten auch sie wieder Fische jagen und vergnügte Luftsprünge machen. Vielleicht gehörten sie sogar zu dieser Gruppe. Dann freuten sich die anderen Delfine bestimmt sehr über ihre Rückkehr, dachte Jody zufrieden.

So eine große Gruppe hatte sie schon lange nicht mehr gesehen. Jody hatte bereits sechzehn Tiere gezählt und das waren noch lange nicht alle.

Jody entdeckte plötzlich ein Boot. Es folgte anscheinend den Delfinen. Sie setzte das Fernglas ab und betrachtete es stirnrunzelnd.

„Sieh mal, das Boot da drüben!“, machte sie ihren Vater darauf aufmerksam.

„Sieht aus wie ein Fischerboot“, erwiderte Craig. Auch er schaute skeptisch. „Seltsam. Die Seemöwen interessieren sich gar nicht dafür.“ Er sah Jody an. „Gib mir bitte noch mal das Fernglas.“

Jody reichte es ihm mit klopfendem Herzen. Dieser merkwürdige Kahn war ihr ganz und gar nicht geheuer.

Cam trat neugierig zu Jody und ihrem Vater. „Ist was?“, wollte er wissen.

Craig stellte das Fernglas auf das Boot scharf. „Kubanische Registriernummer“, murmelte er. „Name: *El Tiburon*. Sieht eigentlich wie ein ganz normales Fischerboot aus. Ich kann sogar die Netze sehen. Nur sind die im Moment nicht auf Fischfang und haben wohl auch schon länger nichts mehr gefangen …“

„*El Tiburon* bedeutet ‚Der Haifisch'", bemerkte Brittany.

Jody stockte der Atem. Haie waren die natürlichen Feinde von Delfinen. Sie greifen sie an. Ein idealer Name für ein Boot, das auf Delfinjagd ging!

„Ist doch nur ein Name", meinte Craig beschwichtigend.

„Aber kein besonders netter", brummte Jody. „Außerdem folgt es den Delfinen."

„Das stimmt allerdings", stimmte ihr Vater zu. „Und diese Netze … Damit kann man natürlich auch was anderes außer Fische fangen. Zum Beispiel Delfine. Wenn das wirklich ein ganz normales Fischerboot ist, dann frage ich mich, warum sie ihre Netze nicht auswerfen. Immerhin schippern sie direkt über einem riesigen Fischschwarm …"

Jody stöhnte laut auf. „Die sind bestimmt hinter den Delfinen her!"

„Warum folgen wir dem Kahn nicht einfach?", schlug Cam vor.

Jody sah ihren Vater flehend an.

Craig überlegte einen Moment. Dann drehte er sich um und rief Harry zu sich.

„Wie stehen unsere Chancen, das Boot einzuholen, wenn wir jetzt sofort mit Tempo losfahren, Harry?", fragte er ihn. „Wir dürfen die Jungs auf keinen Fall aus den Augen verlieren. Ich möchte zu gerne wissen, was die im Schilde führen.“

Der erfahrene Kapitän schätzte die Situation schnell ab. Seine blauen Augen glänzten bei der Aussicht auf etwas Abwechslung.

„Bei dem Wind dürften wir keine Probleme haben, selbst wenn die noch einen Zahn zulegen.“

„Na dann, nichts wie los!“, rief Craig.

Harry und Cam machten sich blitzschnell an die Arbeit.

„Was ist, wenn die tatsächlich versuchen, Delfine zu fangen? Meinst du, wir können dann was dagegen tun?“, fragte Jody ihren Vater.

Craig zuckte mit den Schultern. „Keine Ahnung, mein Schatz. Aber es ist bestimmt nicht verkehrt, sie im Auge zu behalten. Ich schreibe mir auf jeden Fall gleich mal ihre Registriernummer auf“, fügte er hinzu und zog einen kleinen Notizblock und einen Stift aus der Hosentasche.

„Meldest du das Boot dann irgendwo?“, fragte sie erwartungsvoll.

„Das kommt ganz darauf an …“, antwortete Craig. „Wir können nur hoffen, dass die Typen aus einem ganz bestimmten Grund noch nichts unternommen haben. Vielleicht haben sie ja keine offizielle Genehmigung und wollen nicht, dass sie jemand bei ihrem illegalen Fang beobachtet. Wenn dem so ist, dann können wir die Delfine schützen, indem wir einfach in Sichtweite bleiben. Wenn sie allerdings eine Genehmigung haben …“ Er schüttelte den Kopf und seufzte. „Geh doch mal runter zu Mom und sag ihr, was hier oben los ist.“

Die *Dolphin Dreamer* nahm die Verfolgung auf. Plötzlich waren alle ziemlich aufgeregt.

Harry hatte Recht. Der Abstand zwischen der *El Tiburon* und der windschnittigen Segeljacht wurde schnell kleiner. Es wehte ein kräftiger Wind und sie mussten daher ein wenig aufpassen, dass sie das Fischerboot nicht überholten.

„Die fahren absichtlich langsam“, bemerkte Craig nachdenklich. „Dass sie den Delfinen folgen, ist wohl klar. Aber komischerweise genügt es ihnen, sie bloß zu beobachten.“

„Fragt sich nur wozu?“, meinte Gina. „Zu dumm, dass wir sie nicht einfach fragen können.“

„Warum denn nicht?“, meinte Cam, während er das Hauptsegel dem Wind anpasste. „Wir haben doch ein Funkgerät“, warf er lächelnd ein. „Wir stellen uns einfach vor und fragen sie, wer sie sind und was sie hier machen.“

„Und was ist, wenn sie uns gar nicht die Wahrheit sagen?“, gab Jody zu Bedenken.

„Das machen sie bestimmt nicht, wenn sie was Gemeines vorhaben“, meldete sich Jimmy zu Wort.

Craig lachte. „Stimmt. Uns versuchen sie vielleicht einen Bären aufzubinden, aber … Cam, das ist wirklich eine ausgezeichnete Idee! Wir werden sie allerdings nicht direkt anfunken, sondern einfach mal reinhören … Wer weiß, vielleicht stehen die ja gerade mit ihren Komplizen in Funkkontakt.“

„Ich geh nach unten“, erklärte Gina entschlossen. „Craig, du bleibst hier oben und behältst das Boot im Auge.“ Sie wandte sich zu Maddie um. „Kannst du mitkommen und mir helfen? Nur für den Fall, dass mein Spanisch nicht ausreicht.“

Jody war hin und her gerissen. Sie wollte auf keinen Fall verpassen, was auf dem Wasser geschah. Gleichzeitig war sie schrecklich neugierig, ob man per Funk etwas mithören konnte.

Die *Dolphin Dreamer* segelte der *El Tiburon* und den Delfinen hinterher.

Brittany stupste Jody in die Seite. „Mir ist langweilig“, sagte sie. „Ich geh runter und hör mal nach, ob sie schon was rausbekommen haben.“

„Ich komme mit“, beschloss Jody.

Als sie den kleinen Kontrollraum betraten, hörte Jody

etwas, das sich wie der Wetterbericht auf Spanisch anhörte. „Habt ihr schon was Interessantes gehört?“, fragte sie gespannt.

„Klar“, antwortete Maddie mit ausdrucksloser Miene. „Küstenwache, Handelsmarine, Matrosen aus drei verschiedenen Ländern, Spanisch sprechende Fischer …“

Gina drehte am Frequenzregler. Plötzlich hielt sie den Atem an und hielt inne. „Hört doch mal!“, flüsterte sie.

Das Signal war laut und deutlich. Ein Mann sprach auf Spanisch. Jody konnte immerhin ein Wort heraushören, das mehrmals wiederholt wurde: *Delfínes*. Ein anderer Mann antwortete ebenfalls auf Spanisch. Auch er erwähnte *los delfínes*. „Worum geht’s denn genau?“, fragte sie gespannt.

Maddie presste den Finger auf die Lippen. Sie und Gina lauschten gebannt.

Jody knabberte frustriert an der Unterlippe.

Da beugte sich Brittany zu ihr vor und flüsterte ihr ins Ohr: „Der Mann sagt: ‚Wir konnten jede Menge Delfine zusammentreiben. Jetzt müssen wir sie einfach nur noch einsammeln. Die versuchen nicht einmal abzuhauen. So eine Riesenchance bekommen wir nie wieder!“

Jody hielt entsetzt den Atem an. „Aber das dürfen sie doch nicht!“, rief sie laut.

Ihre Mutter warf ihr einen mahnenden Blick zu und deutete auf das Funkgerät.

Eine andere Stimme antwortete knackend.

Brittany übersetzte flüsternd für sie weiter: „Der andere sagt: ‚Lass die Finger davon, César. Wenn du mich in Schwierigkeiten bringst, dann …‘“

Brittany hielt kurz inne und überlegte. Plötzlich hellte sich ihre Miene wieder auf.

„‚Dann sorge ich dafür, dass du nie wieder Arbeit bekommst … Warum bist du heute überhaupt rausgefahren. Ich hab dir doch gesagt, dass ich noch keine Fanggenehmigungen habe!‘“

Sie hatten keine Fanggenehmigung! Jody atmete erleichtert auf.

„César sagt: ‚Rubio, du hast uns aber versprochen, dass du die Genehmigungen besorgst!‘“, fuhr Brittany fort. „Rubio sagt: ‚Mache ich auch. Keine Panik. Es fehlt nur noch der Stempel. Den bekomme ich am Freitag. Das garantiere ich dir. Aber solange musst du dich noch gedulden … Keine Angst: Delfine sind Gewohnheitstiere. Die kommen immer wieder zur gleichen Tageszeit zur gleichen Stelle, um Fische zu fangen. So wie du und deine Freunde nach der Arbeit immer in die gleiche Kneipe gehen. Du musst dir einfach nur die Stelle merken. Und wenn wir am Ende der Woche die offiziellen Fanggenehmigungen haben, kannst du mit der *El Tiburon* dorthin zurückkehren und so viele schöne, starke Delfine einsacken wie du willst.“

Es entstand eine kurze Pause. Jody hielt den Atem an. Dann meldete sich César wieder zu Wort.

Brittany übersetzte: „,Na schön. Dann lassen wir die Delfine heute eben in Ruhe und kommen ein anderes Mal wieder …'"

Plötzlich war es völlig still. Die beiden Männer hatten den Funkkontakt eingestellt.

„Tja …", sagte Gina gedehnt. „Immerhin haben wir noch ein paar Tage Zeit, um uns zu überlegen, wie wir die Typen aufhalten können. Los kommt, wir gehen nach oben und erzählen den anderen, was wir gehört haben."

An Deck beobachtete Jody zusammen mit ihren Brüdern und Brittany gebannt, was die Männer an Bord der *El Tiburon* als Nächstes taten.

Ein paar Minuten vergingen. Dann kam ein Mann aus der Kabine. Er hatte einen leuchtend gelben Ball in der Hand. Jody verfolgte mit offenem Mund, wie der Mann den Ball ins Wasser warf. Wollte er jetzt etwa mit den Delfinen spielen?

„Das ist ein Angelschwimmer", erklärte Cam. „Ein Gewicht sorgt dafür, dass er ungefähr an der gleichen Stelle bleibt."

„Ach, damit markiert der Typ die Stelle?", meinte Jody.

Nachdem der Schwimmer gut sichtbar auf dem Wasser tanzte, verschwanden die drei Männer wieder unter

Deck. Kurz darauf heulte der Motor des Bootes auf. Dann entfernte sich die *El Tiburon* von den Delfinen und tuckerte zur kubanischen Küste zurück.

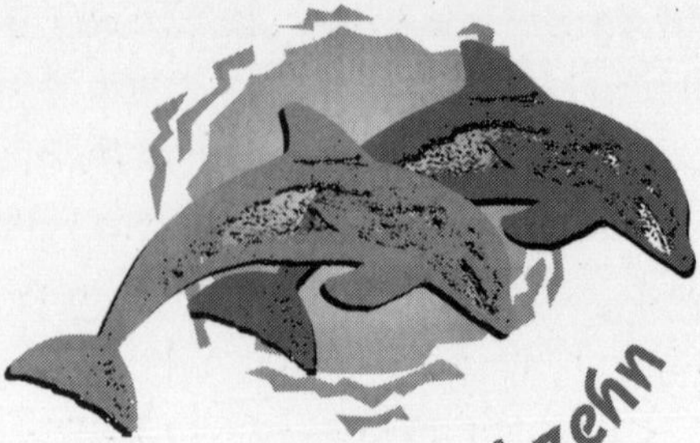

Kapitel zehn

Kaum war das Delfingfangboot außer Sichtweite, segelte die *Dolphin Dreamer* zu dem leuchtend gelben Angelschwimmer hinüber.

Harry manövrierte die Jacht so nah wie möglich an den gelben Ball heran. Cam beugte sich weit nach unten und fischte ihn aus dem Wasser.

Jody stieß einen kleinen Jubelschrei aus. Jimmy und Sean boxten in die Luft.

„Ha, die werden vielleicht Augen machen, wenn das Ding nicht mehr da ist“, krähte Sean schadenfroh. „Jetzt finden sie die Delfine nie!“

„Schön wär's“, seufzte ihr Vater.

„Sie finden die Tiere bestimmt wieder. Jetzt brauchen sie nur ein bisschen länger“, sagte Gina bedrückt. Nachdenklich musterte sie den tropfenden Schwimmer. „Ist das jetzt Diebstahl?“

„Quatsch“, sagte Cam entschieden und schüttelte den Kopf. „Wir behalten das Ding ja gar nicht. Wir werfen es nur an einer anderen Stelle wieder ins Wasser. Dann finden sie es bestimmt auch wieder. Wer was ins Meer wirft, kann schließlich nicht davon ausgehen, dass er es einfach so wieder findet!“

„Und wenn's Diebstahl wäre! Wäre mir auch egal“, erklärte Jody trotzig. „Diese fiesen Typen sind auf Delfinjagd. Das ist ein echtes Verbrechen! Wenn ich könnte, würde ich sogar helfen, ihr Boot zu klauen, wenn ich sie damit aufhalten könnte!“

Ihre Mutter legte ihr den Arm um die Schulter und drückte sie kurz an sich. Sie nickte mit düsterer Miene. „Wenn sich Luisa heute Abend bei uns meldet, müssen wir ihr unbedingt erzählen, was hier los ist. Vielleicht hat sie ja eine Idee, was wir tun können.“

25. September, abends, vor Anker neben der Amigo del Mar

Ich sitze an Deck und schreibe in der Abenddämmerung in mein Tagebuch. Frida war vorhin noch mal hier. Ich glaube, sie sucht Luisa immer noch. Ich habe ziemlich lange mit ihr geredet und ihr von El Tiburon **erzählt.**

Ich hab ihr gesagt, sie soll sich unbedingt von fremden Booten fern halten ... Hoffentlich hat sie mich verstanden ...
Delfine sind so neugierige und vertrauensselige Tiere. Wenn sie Menschen begegnen, suchen sie instinktiv Kontakt zu ihnen. Nicht einmal schlechte Erfahrungen können daran etwas ändern. Genau das gefällt den Menschen ja so an ihnen ... und deshalb ist es leider auch so einfach, sie zu fangen und schlecht zu behandeln.
Ist das nicht ungerecht!

„Jody, das Abendessen ist fertig!“ Die Stimme ihrer Mutter drang durch die laue Abendluft.

„Ich komme!“, antwortete Jody. Sie klappte ihr Tagebuch zu und warf einen letzten Blick aufs Wasser. Aber es war schon zu dunkel, um noch etwas zu erkennen.

Die anderen saßen bereits am Tisch und bedienten sich mit Pasta. Die Stimmung war gedrückt. Nur Dr. Taylor machte ein vergnügtes Gesicht. Wahrscheinlich freute er sich wie immer aufs Essen, dachte Jody bei sich.

In diesem Moment räusperte sich der Wissenschaftler vernehmlich. „Ich möchte Ihnen gerne etwas mitteilen, das Sie bestimmt sehr interessieren wird.“

Alle sahen ihn an.

Dann fuhr er fort: „Ich habe Luisas Daten ausgewertet. Die Ergebnisse der Populationsstudie liegen jetzt vor."

„Da haben Sie ja flott gearbeitet", äußerte sich Craig. „Sind es gute oder schlechte Neuigkeiten?"

„Das kommt ganz darauf an", antwortete Dr. Taylor. Er platzierte behutsam seine Gabel neben dem Teller. „Der Delfinfang in dieser Region macht sich eindeutig bemerkbar. Die Population der Großen Tümmler geht zurück, anstatt stabil zu bleiben, wie es eigentlich der Fall sein sollte."

Jody hielt den Atem an. „Soll das heißen, sie sterben aus?", fragte sie entsetzt.

Zu ihrer Erleichterung schüttelte Dr. Taylor den Kopf. „Aber nein! Wir wollen mal nicht den Teufel an die Wand malen! So schlimm steht es natürlich noch nicht." Er nippte an seinem Eistee. „Nichtsdestotrotz liegt die Anzahl der Tümmler unter dem Optimum für eine gesunde Population. Das bedeutet ..." Er nippte wieder an seinem Eistee.

Im Salon war es mucksmäuschenstill. Alle hatten aufgehört zu essen und hörten gespannt zu.

Dr. Taylor lächelte in die Runde. „Das bedeutet ...", wiederholte er, „die Population kann keine weiteren Fänge mehr verkraften. In diesem Fall schreibt das internationale Tierschutzgesetz vor, dass hier keine weiteren

Fänge mehr genehmigt werden dürfen. Und wie ich meine Firma kenne, wird sie diese Nachricht umgehend weltweit bekannt machen!“

„Keine Fanggenehmigungen mehr in dieser Region!“, wiederholte Gina und strahlte übers ganze Gesicht.

Jody jubelte begeistert. Erst jetzt begriff sie, was das bedeutete. „Sie sind gerettet! Die Delfine sind gerettet. Sie haben sie gerettet, Dr. Taylor!“

Der unsichere Wissenschaftler senkte verlegen den Blick und errötete. „Na, na … so kann man das aber nicht sagen … Ich würde nie behaupten, dass ich …“

Die anderen sprangen von ihren Plätzen auf und riefen wild durcheinander. Alle versicherten Dr. Taylor, dass Jody Recht hatte.

25. September, sehr spät abends, vielleicht sogar schon der 26. September
Also … Mom und Dad haben eine Presseerklärung verfasst und ins Internet gestellt. Jetzt ist die Meldung für jeden zugänglich und es gibt keine Ausreden mehr für Fanggenehmigungen in dieser Gegend.
Dr. Taylor ist doch nicht so nutzlos wie ich dachte. Ich habe das Gefühl, dass ich jetzt besonders nett zu ihm sein muss, weil ich so viele gemeine Sachen über ihn gedacht habe.

Als wir Luisa am Telefon alles erzählt haben, war sie völlig aus dem Häuschen. Sie wollte unbedingt selbst mit Dr. Taylor sprechen. Schade, dass ich nicht hören konnte, was sie zu ihm gesagt hat. Jedenfalls ist er knallrot geworden. Wenn sie hier gewesen wäre und ihm einen Kuss gegeben hätte, wäre er bestimmt in Ohnmacht gefallen!
Auch Luisa hatte gute Neuigkeiten. Sie kommt schon in drei Tagen zurück. Sie und Chico, Chata und Luna. Den dreien geht es anscheinend ganz gut. Ich kann's kaum noch erwarten!

Dann war es endlich so weit. Jody stand neben ihrer Mutter auf dem Vorderdeck der *Dolphin Dreamer*. Sie segelten Luisa entgegen, um die Delfine willkommen zu heißen.

Luisa war mit den Delfinen nach Kingston geflogen. Dort hatte ein Spezialteam die Delfine vorsichtig in einen Container-LKW umgeladen. Von dort hatte man sie zum Hafen gebracht und auf ein Boot namens *Beluga* verfrachtet. Das Boot gehörte dem Verband zum Schutz der Wale und Delfine und wurde für solche Aktionen benutzt. Und Luisa achtete die ganze Zeit darauf, dass es den Tieren an nichts fehlte.

Nachdem sie aus dem Hafen ausgelaufen waren, hatte

Luisa mit der *Dolphin Dreamer* Funkkontakt aufgenommen und Harry die Koordinaten durchgegeben. Sie wollten sich an der Stelle treffen, wo sie die Tiere freilassen würden. Danach würde Luisa zu ihnen an Bord kommen und sie würden sie zu ihrem Boot zurückbringen.

Während sie sich langsam von ihrem Ankerplatz bei der *Amigo del Mar* entfernten, bemerkte Jody plötzlich, dass sie nicht alleine waren. Sie stupste ihre Mutter an. „Sieh mal! Frida begleitet uns!“

Gemeinsam beobachteten Jody und ihre Mutter, wie der Mischlingsdelfin anmutig neben ihrem Boot durch die Wellen glitt.

„Ich kann mir nicht vorstellen, dass sie lange bei uns bleibt“, meinte Gina. „Bis jetzt ist sie uns noch nie gefolgt.“

Das stimmte. Doch Jody hatte das unbestimmte Gefühl, dass es heute anders war. „Ich hab ihr erzählt, dass wir Luisa abholen“, sagte sie.

Gina lachte. „Ach, und du meinst, sie hat dich verstanden?“

Jody grinste. „Das glaube ich wirklich! Obwohl ich kein Delfinesisch spreche ... Ich kann ja noch nicht einmal richtig Spanisch!“ Sie stimmte in das Lachen ihrer Mutter ein. Dann fuhr sie fort: „Ich glaube, sie hat Luisas Namen erkannt. Außerdem hat sie bestimmt gemerkt, dass wir heute Morgen alle ziemlich aufgeregt waren und ahnt, dass irgendwas im Busch ist. Und jetzt will sie rausfinden, was los ist."

Tatsächlich wich ihnen der Delfin nicht von der Seite und war immer noch da, als die *Beluga* in Sicht kam.

Cam und Craig refften flink die Segel, während Harry die *Dolphin Dreamer* längsseits neben das größere Schiff manövrierte.

Kurz darauf gab Harry das Kommando zum Beidrehen und die *Dolphin Dreamer* kam im Wasser zum Stehen. „Ahoi *Beluga*", rief er durch das Megafon.

Jody entdeckte Luisa hoch oben an Deck des Schiffes. Neben ihr standen mehrere Leute, die sie nicht kannte. Sie winkten sich zu. Schließlich reichte jemand Luisa auch ein Megafon und sie rief: „Ahoi, meine lieben Freunde auf der *Dolphin Dreamer*! Ich komme zu euch rüber, sobald wir die Delfine freigelassen haben."

Jody konnte vor lauter Aufregung kaum still stehen. Sie war froh, dass Harry sie so schnell hierher gebracht hatte.

Der erste Delfin erschien. Er wurde in eine Art Box gehievt und vorsichtig an der Schiffswand entlang ins Wasser gelassen. Jody hielt gespannt den Atem an.

Als der Kasten im Wasser war, drückte jemand auf einen Knopf und die Seitenwände klappten auf.

Der Delfin – Jody war sich sicher, dass es Chico war – schwamm heraus und flitzte blitzschnell davon.

Jody traten Freudentränen in die Augen und sie brach gemeinsam mit den anderen in lauten Jubel aus.

Chata und Luna wurden auf die gleiche Weise freigelassen. Endlich waren die drei Delfine wieder vereint im Wasser. Jody hörte ihre vertrauten Schnalzlaute und Pfiffe, als sie miteinander „sprachen“.

„Hey, schaut mal steuerbord“, rief Craig plötzlich. „Das nenne ich ein Empfangskomitee!“

Jody drehte sich neugierig um und starrte mit offenem Mund auf die riesige Gruppe Großer Tümmler, die zielstrebig auf sie zuschwamm. Binnen Sekunden waren Chata, Luna und Chico mittendrin.

Bestimmt hatten die gefangenen Delfine zu dieser Gruppe gehört. Jetzt waren sie wieder bei ihren Freunden. Die aufgeregten Laute der Delfine drangen wie Applaus übers Wasser.

Die Tiere blieben nicht lange bei ihnen. Vielleicht misstrauten sie den beiden Schiffen nach ihren jüngsten Erfahrungen oder sie interessierten sich einfach nicht für so etwas Langweiliges, das sich nicht bewegte. Jedenfalls verschwand die Gruppe genauso schnell, wie sie aufgetaucht war.

Jody blickte ihnen mit gemischten Gefühlen nach. Sie war froh und traurig zugleich. „Und was ist mit Frida?“, fragte sie sich laut. Das Delfinweibchen paddelte immer noch neben ihnen im Wasser.

„Ich glaube, Frida wartet auf jemanden ganz Bestimmtes“, meinte Gina leise. „Sieh mal, da.“

Jody folgte dem Finger ihrer Mutter und hielt verblüfft den Atem an.

Luisa stand im Badeanzug an der Reling des großen Schiffes. Mit einem eleganten Sprung tauchte sie ins Wasser.

Kaum war sie eingetaucht, schoss Frida blitzschnell los, um ihre Freundin zu begrüßen. Die beiden tauchten gemeinsam auf und wieder unter, umkreisten sich und schwammen eng aneinander geschmiegt durchs Wasser. Sie waren froh, wieder beieinander zu sein.

1. Oktober, nachmittags, Karibik
Heute Morgen haben wir uns von Luisa, Frida und der Amigo del Mar verabschiedet und sind weitergesegelt.
Vor ungefähr einer Stunde – wir waren gerade mitten in der Geschichtsstunde – hat uns Harry plötzlich an Deck gerufen und wir sind sofort hochgerannt. Links und rechts (oder wie man in Seemannssprache sagt backbord und steuerbord) von unserem Boot waren ganz viele Delfine! Die Dolphin Dreamer war von mindestens 100 Großen Tümmlern umringt. Dad meinte, er hätte sie gezählt. Es wären

genau 110. Aber Maddie behauptet, es wären nur 103 gewesen.
Ein paar von den Delfinen sind auf der Bugwelle mitgeschwommen. Die anderen sind neben uns hergeflitzt, haben Luftsprünge gemacht, sind getaucht, ein paar Meter vorausgeschwommen oder haben sich zurückfallen lassen ... Sie sind eine halbe Stunde lang bei uns geblieben und ich hab die ganze Zeit auf dem Vorderdeck gestanden, so nahe, wie es nur ging ... Es war einfach wundervoll – wie in einem Traum.
Wahrscheinlich hatten sie einfach nur Lust mit einem Boot zu spielen, aber wer weiß ... Vielleicht waren ja auch Chico, Chata und Luna bei ihnen. Irgendwie gefällt mir die Vorstellung, dass sie uns auf diese Weise „Danke“ gesagt haben.

LESEPROBE

Wenn du in zehn Minuten nicht zurück bist, gehe ich ohne dich nach Hause, Jamie!“ Holly Adams saß auf einer Bank vor der alten Kirche und schaute ihrem jüngeren Bruder nach, der zu dem Geschäft mit den Computerspielen zurückrannte. Die beiden waren losgezogen, um die Stadt zu erkunden. Zumindest war dies Hollys Absicht gewesen. Jamie schien mehr daran gelegen zu sein, sein Taschengeld so schnell wie möglich auszugeben. So sind elfjährige Jungen eben, dachte Holly und schaute sich um. Sie selbst war fünfzehn.

Hinter ihr ragte die Kirche in den blauen Himmel. Der strahlende Sonnenschein, der durch die hohen Rhododendronbüsche fiel, zauberte ein Muster aus Licht und Schatten auf den Rasen.

Dieser Ort ist einfach wundervoll, dachte Holly und strich ihr langes, braunes Haar hinter die Ohren. So friedlich.

Hollys Familie war erst vor einer Woche nach Yorkshire, in den kleinen Ort Willow Dale gezogen, und Holly, die von Natur aus sehr aufgeschlossen und wissbegierig war, wollte ihre neue Heimat möglichst genau kennen lernen. Schließlich würde diese Kleinstadt in den grünen Hügeln von Yorkshire von nun an ihr Zuhause sein, und sie war fest entschlossen, das Beste daraus zu machen.

Ein paar Schritte von ihr entfernt gab es einen schmalen Kiesweg, der an der Kirche vorbeiführte.

Dort hörte sie zwei Männer sprechen, die sie jedoch nicht

sehen konnte, weil sie hinter einem Mauervorsprung standen.
„Jetzt bin ich wieder da, Harry“, hörte sie einen von ihnen sagen. „Und zwischen uns ist noch eine Rechnung offen. Ich habe bis jetzt den Mund gehalten, weil du versprochen hast, das Geld würde auf mich warten, wenn ich wieder herauskomme. Nun – jetzt bin ich draußen, und ich will mein Geld.“
„Du wirst dein Geld bekommen, Barney“, sagte der andere Mann mit leiser, rauer Stimme. „Mach dir keine Sorgen. Ein junger Kerl schuldet mir Geld. Treib es ein und es gehört dir.“ Der Mann lachte hässlich. „Ich glaube kaum, dass er dir Schwierigkeiten machen wird. Er ist fast noch ein Junge und er steckt bis zum Hals in Schulden.“
„Ich möchte ihm raten, keine Schwierigkeiten zu machen“, knurrte der erste Mann. „Denn wenn er es tut, komme ich wieder – und dann nicht, um mit dir zu plaudern. Kapiert?“
„Vertrau mir, Barney. Du musst den Burschen nur ein wenig unter Druck setzen und schon bekommst du dein Geld. Mach dir keine Sorgen.“
Barney lachte hämisch. „Ich mache mir bestimmt keine Sorgen, Harry.“
Holly warf einen Blick um die Mauerecke und sah nur noch den Rücken eines schlanken Mannes, der rasch davonschritt. Er trug eine schäbige alte Lederjacke, auf deren Rücken ein fliegender Adler aufgedruckt war. Holly schauderte. Vielleicht war Willow Dale doch kein so friedlicher Ort, wie sie gedacht hatte.
Ein kräftiger Mann in einem Anzug kam zum Vorschein. Er trug sein dunkles Haar glatt nach hinten gekämmt, hatte einen Schnurrbart und ein unsympathisches Gesicht. Er rückte seine

Krawatte zurecht und schien gerade in die entgegengesetzte Richtung davongehen zu wollen, als er Holly entdeckte. Seine Augen verengten sich zu schmalen Schlitzen.

Holly schaute schnell weg. Sie spürte, wie er sie ein paar Sekunden lang anstarrte, und hörte dann erleichtert das Knirschen des Kieses, als er sich entfernte.

Holly wünschte, sie hätte das Gespräch zwischen den beiden Männern nicht gehört. Sie hatten irgendwie brutal geklungen. Auf einmal war ihr der Kirchhof unheimlich. Sie stand auf und ging zurück zur Hauptstraße, um ihren Bruder zu suchen.

Jamie war so in seine Computerspiele vertieft, dass Holly ihn fast aus dem Laden zerren musste.

„Die haben hier die allerneuesten Spiele!“, erzählte Jamie, als sie ihre Entdeckungsreise fortsetzten.

„Das hat Dad dir doch gesagt, oder etwa nicht?“, fragte Holly.

Jamie zuckte die Achseln. „Ja, schon“, gab er zu und schaute ihr dann ins Gesicht. „Ich habe Hunger“, verkündete er. „Können wir uns was zu essen besorgen?“

Sie gingen in ein Hamburger-Restaurant. Der Rest von Willow Dale würde warten müssen.

Holly saß regungslos auf ihrem Stuhl, während Mr Barnard vor der Klasse auf und ab schritt. Dies war ihre erste Kunststunde an der neuen Schule, und sie war fest entschlossen, einen guten Eindruck zu hinterlassen.

Mr Barnard sprach über Ölmalerei.

„In dieser Schule gibt es unzählige alte Ölgemälde“, sagte er. „Ich kann euch nur raten sie gut anzuschauen.“

„Werden wir auch mit Ölfarben malen?“, wollte ein Junge in der ersten Reihe wissen.
„Nur dann, wenn wir plötzlich zu Geld kommen sollten“, sagte Mr Barnard und lächelte – ein Lächeln, das Holly sehr sympathisch fand. „Ölfarben kosten ein Vermögen. Es tut mir Leid, aber ihr werdet euch mit Plakafarben begnügen müssen.“
„Wir könnten doch das Geld für Ölfarben nehmen, wenn von den Spenden für die neue Turnhalle etwas übrig bleibt“, schlug ein anderer Junge vor.
Mr Barnard lachte. „Mach dir nicht zu große Hoffnungen, Andy. Wenn man bedenkt, was wir bisher eingenommen haben, wird es vermutlich noch mindestens zwanzig Jahre dauern, bis wir unsere neue Turnhalle bekommen – und selbst dann wird mit Sicherheit kein Geld übrig bleiben.“
Die Schulglocke läutete, und fast im selben Augenblick hörte man, wie alle Schüler gleichzeitig ihre Stühle zurückschoben.
„Als Hausaufgabe sucht sich jeder von euch eines der Ölgemälde in dieser Schule aus“, rief Mr Barnard und versuchte, den allgemeinen Aufbruchslärm zu übertönen. „Schreibt bitte ungefähr drei Seiten darüber, warum es euch gefällt, o. k.? Und nun könnt ihr gehen.“
Holly blieb zurück, während ihre Mitschüler zur Tür hinausstürmten. „Ach, die neue Schülerin. Du bist Holly Adams, nicht wahr?“, fragte Mr Barnard. „Hast du schon Anschluss gefunden?“
„Ja, danke“, antwortete Holly, obwohl es eigentlich nicht stimmte. Mitten im Schuljahr die Schule zu wechseln, war immer schwierig. Alle anderen hatten sich schon zu Cliquen zusammengefunden und Freundschaften geschlossen, nur sie

gehörte nirgends dazu. „Ich wollte nur fragen, was für ein Gemälde wir uns aussuchen sollen."

„Das liegt ganz bei dir", sagte Mr Barnard. „Wie ich schon sagte, in unserer Schule hängen unzählige alte Ölbilder. Such dir einfach eines aus, das dir gefällt. Sieh dich ruhig um – auf diese Weise lernst du gleich, dich in diesem alten Gemäuer zurechtzufinden." Er lächelte. „Du wirst dich hier bald eingelebt haben."

Holly hatte schon einen Plan, wie sie den Prozess des Einlebens beschleunigen wollte. In der großen Pause machte sie sich auf die Suche nach der Schulbücherei.

Die Winifred-Bowen-Davies-Schule war ein eindrucksvolles Sandsteingebäude aus dem Ende des neunzehnten Jahrhunderts und lag in der Nähe des malerischen alten Ortskerns – des Teils von Willow Dale, in den sich Holly schon beim ersten Besuch verliebt hatte. Dort gab es schmale Gassen mit kleinen Geschäften, die aussahen, als hätten sie sich im Laufe der Jahre überhaupt nicht verändert. In den engen Nebenstraßen standen hübsche Häuschen, die irgendwie verwunschen aussahen. Holly brannte schon darauf, all die kleinen Gassen zu erkunden, mit Jamie oder ohne ihn.

Natürlich sah nicht der ganze Ort so aus. Willow Dale war im Laufe der Jahrzehnte stetig gewachsen, und in den Außenbezirken waren moderne Einfamilienhäuser und Einkaufszentren entstanden. Außerdem gab es ein großes Kino und eine Kunsteisbahn. Das war Holly sofort aufgefallen, als ihre Mutter mit ihnen zum ersten Mal nach Willow Dale gefahren war, um ihnen das Haus zu zeigen, in das sie jetzt eingezogen waren.

Am schwarzen Brett in der Schulbücherei stand ein Junge und

ließ seinen Finger über eine dort ausgehängte Namensliste gleiten. Sie sah aus wie die Aufstellung für eine Fußballmannschaft.
„Alles bestens", sagte er. „Ich bin drin." Er drehte sich zu Holly um.
„Ich bin auf der Suche nach Stephanie Smith, der Chefredakteurin der Schülerzeitung", sagte Holly. „Mir wurde gesagt, sie wäre normalerweise hier."
„Steffie?", fragte er und machte eine vage Armbewegung in die hintere Hälfte des Raumes. „Du wirst sie vermutlich irgendwo dort hinten finden", sagte er.
„Danke." Holly schritt an hohen Bücherregalen vorbei. In der hintersten Ecke des Raumes entdeckte sie ein Mädchen mit kurzen, blonden Haaren, das gerade etwas in einen Computer eintippte. Der Schreibtisch war mit Notizzetteln übersät.
„Entschuldige", sagte Holly.
„Warte gefälligst", knurrte das Mädchen. „Siehst du nicht, dass ich arbeite?"
„Tut mir Leid", sagte Holly. Das Mädchen tippte noch etwa eine Minute lang weiter. Holly nutzte die Zeit dazu, sich umzusehen. Die Bücherei schien gut bestückt zu sein. Holly überlegte, ob in den Regalen wohl auch Kriminalgeschichten zu finden wären. Sie liebte Krimis. Bei ihrem Umzug hatten allein ihre Bücher einen großen Karton gefüllt.
„Was willst du?", fragte Steffie, als sie endlich von ihrem Computer aufschaute. Sie sah Holly mit ihren hellblauen Augen an.
„Ich würde gern an der Schülerzeitung mitarbeiten", sagte Holly. „Ich habe in meiner bisherigen Schule in London die Schülerzeitung herausgegeben."

Steffie lehnte sich zurück und unterzog Holly einer kurzen, feindseligen Musterung. „Du kommst also aus London?“, fragte sie. „Und vermutlich bildest du dir ein, uns Dorftrampeln noch etwas beibringen zu können, oder?“
„Aber nein“, erwiderte Holly überrascht. „Ich wollte nur gern mitarbeiten.“
„Ich glaube kaum, dass wir eine weitere Redakteurin brauchen“, sagte Steffie. „Ich habe die Schülerzeitung vor einem Jahr übernommen, und jetzt ist sie endlich so, wie ich sie haben will.“
Dazu sagte Holly lieber nichts. Sie hatte die neueste Ausgabe der Schülerzeitung gelesen und dabei einiges entdeckt, das sie für verbesserungswürdig hielt. Das fing schon beim Namen an. *Winformation* war ein schrecklicher Name für eine Zeitung. Allerdings schien dies nicht der richtige Augenblick zu sein, um Steffie das zu sagen. „Mir ist es gleich, welche Arbeit ich mache“, sagte Holly. „Artikel schreiben, Korrektur lesen oder was auch immer. Ich mache alles, was anfällt.“
„Am Mittwoch ist ein Hockeyspiel. Wenn du willst, schreib einen Artikel darüber.“
„Gern“, sagte Holly.
„Ich brauche ihn Donnerstagmorgen, ganz früh“, sagte Steffie. „Und wenn er nichts taugt, wird er nicht gedruckt. Ist das klar? Ich entscheide, was in die Zeitung kommt und was nicht.“
„Das ist o. k“, sagte Holly, obwohl sie eigentlich genau gegenteiliger Ansicht war. Sie lächelte. „Der Artikel wird gut sein, keine Sorge.“
Steffie hatte schon wieder angefangen zu tippen. „Das ent-

scheide ich", sagte sie. Mist, dachte Holly auf ihrem Rückweg durch die Bücherei, mit dieser Kuh zusammenzuarbeiten, wird sicher keine reine Freude.

Nach Schulschluss traf sie sich mit Jamie am Tor. Er stand bei einer Gruppe anderer Jungen und unterhielt sich mit ihnen angeregt über Computerspiele.

„Kommst du, Jamie?", fragte sie, nachdem sie eine ganze Weile in seiner Nähe gestanden hatte, ohne dass er sie beachtete.

„Später", sagte er und diskutierte weiter mit seinen neuen Freunden.

Holly machte sich allein auf den Heimweg. Obwohl Jamie sich anfangs dagegen gesträubt hatte, aus London wegzuziehen, schien es ihm jetzt leicht zu fallen, neue Freunde zu finden.

Hollys Familie war in ein kleines Haus gezogen, das am Rande der Altstadt lag. Der Makler hatte es als „Kleinod voller Möglichkeiten" beschrieben, doch bevor sich die Adams in ihrem neuen Heim wohl fühlen konnten, mussten die Strom- und Wasserleitungen erneuert und das ganze Haus vom Keller bis zum Dach renoviert und modernisiert werden.

Ein paar Arbeiter schaufelten gerade einen Graben quer durch den Vorgarten. Hollys Vater stand an der Eingangstür und sah ihnen zu.

„Wenn die Männer in dem Tempo weiterarbeiten, werden wir monatelang Erde ins Haus schleppen", sagte er. „Ein Glück, dass wir noch keinen Teppichboden in der Diele haben. Wo ist Jamie?"

„Er unterhält sich mit ein paar Jungen aus seiner Klasse", sagte Holly.

„Siehst du?", sagte Mr Adams. „Ich habe ihm doch gesagt, er

würde keine fünf Minuten brauchen, um neue Freunde zu finden. Und das nach all dem Geschrei." Er lächelte.
„Komm, ich muss dir etwas zeigen.
Er führte sie zu dem kleinen Schuppen im Garten. Hier hatte er seine Hobelbank und die Drechselbank aufgestellt, und seine Tischlerwerkzeuge lagen ordentlich ausgerichtet in den Regalen oder hingen an Wandhaken.
„Was meinst du?", fragte er. „Sieht aus, als könnte die Produktion endlich anlaufen, nicht wahr?" Mr Adams rieb sich die Hände wie ein kleiner Junge, der sich über seine neue elektrische Eisenbahn freut. „Das ist wirklich aufregend, findest du nicht auch?"
Holly lachte. Es war schön, ihren Vater wieder glücklich und zufrieden zu sehen. Endlich würde er nicht mehr spät abends völlig erschöpft aus der Kanzlei kommen. Hollys Vater war Rechtsanwalt, sogar ein sehr erfolgreicher, doch er hatte schon immer den Wunsch gehabt, „mit seinen Händen zu arbeiten". In London waren Tischlerarbeiten sein Hobby gewesen, doch hier in Willow Dale hatte er die Möglichkeit, sein Hobby zum Beruf zu machen.
Holly ging ins Haus und in ihr Zimmer. „Das Wichtigste ist, die Schlafzimmer fertig zu bekommen", hatte ihre Mutter gesagt. „Dann haben wir zumindest einen Ort, an den wir uns zurückziehen können, wenn uns das Chaos zu viel wird."
Holly hatte all ihre Poster und Fotos aufgehängt, um dem Raum von Anfang an eine persönliche Note zu geben. Auch ihre Bücher standen schon in den Regalen. Ihr Zimmer in der Londoner Wohnung war nur halb so groß gewesen und sie hatte einen Teil ihrer Bücher in Kartons unter dem Bett aufbe-

wahren müssen. Doch hier konnte sie ihre ganze Sammlung ins Regal stellen.

Beim Abendessen erzählte sie ihren Eltern von ihrem Zusammentreffen mit Steffie Smith. „Für mich klingt das, als ob diese Steffie im Grunde sehr unsicher sei“, sagte Hollys Mutter.

„Ja, den Eindruck hatte ich auch“, meinte Holly. „Und die Zeitung ist auch nicht gerade großartig. Mir sind schon einige Dinge aufgefallen, die ich ändern würde, wenn ich das Sagen hätte.“

„Das hast du ihr hoffentlich nicht gleich mitgeteilt“, bemerkte ihr Vater.

„Natürlich nicht“, erwiderte Holly. „Ich war sehr höflich zu ihr. Es ist trotzdem schade. Mit Miranda die Schülerzeitung zu machen, hat immer viel Spaß gemacht. Ich bin mir nicht sicher, dass es mir hier auch Spaß machen wird.“ Sie seufzte. „Und es ist auch nicht so leicht, neue Freundinnen zu finden.“

In London war Miranda Hunt Hollys beste Freundin gewesen. Sie hatten zusammen die Buchläden und Leihbüchereien nach Kriminalromanen durchstöbert, denn auch Miranda war ein großer Krimifan. Sie hatten abgemacht, einander regelmäßig zu schreiben, und Miranda hatte Holly den ersten Brief schon am Abend vor dem Umzug gegeben. „Damit du auf der Fahrt nach Yorkshire etwas zu lesen hast“, hatte sie gesagt, und Holly hatte an vielen Stellen des Briefs lachen müssen. Es war fast so gewesen, als säße Miranda mit ihnen im Auto.

„Darf ich aufstehen?“, fragte Jamie. „Ich bin mit Philip verabredet. Wir wollen auf seinem Computer ein Spiel spielen, das ‚Höllenfahrer‘ heißt.“

„Wenn Philips Eltern nichts dagegen haben“, sagte Mrs Adams.
„Natürlich haben sie nichts dagegen“, entgegnete Jamie im Hinausgehen. „Philip hat immer Freunde zu Besuch. Bis nachher.“
„Komm nicht zu spät“, rief Mr Adams ihm nach.
Holly seufzte wieder. „Mich hat noch keiner zu Computerspielen eingeladen“, sagte sie.
„Du magst doch keine Computerspiele“, sagte ihr Vater.
„Darum geht es gar nicht“, erwiderte Holly.
„Fällt es dir schwer, neue Freundinnen zu finden?“, fragte ihre Mutter mitfühlend. „Ich weiß genau, wie dir zu Mute ist. Für mich ist es in der Bank auch nicht gerade einfach. Jeder scheint zu glauben, dass ich von London hierher gekommen bin, um alles zu verändern.“
„Du hast dir doch immer gewünscht, eine eigene Filiale zu leiten“, sagte Hollys Vater. „Immerhin hast du fünf Jahre auf diese Beförderung hingearbeitet.“
„Ich weiß“, sagte ihre Mutter. „Ich beschwere mich ja auch gar nicht. Ich kann nur gut verstehen, wie Holly sich zurzeit fühlen muss.“
„Warum informierst du dich nicht einmal, welche Clubs es in deiner Schule gibt? Vielleicht ist etwas für dich dabei?“, schlug Mr Adams vor. „So ein Club ist eine gute Möglichkeit, Freunde zu finden.“
„Keine schlechte Idee“, sagte Holly. „Ich könnte sogar einen eigenen Club gründen. Einen Club für Leute, die gern Krimis lesen. Miranda und ich haben zwar abgemacht, dass wir uns gegenseitig Bücher schicken wollen, aber das ist nicht dasselbe, wie tatsächlich mit jemandem über Krimis zu reden.“

„Na siehst du, das ist die Lösung", sagte ihr Vater. „Gründe deinen eigenen Club."
Später am Abend war Holly in ihrem Zimmer. Eine der ersten Anschaffungen nach ihrem Umzug war ein neues Notizbuch gewesen. Sie hatte ihre Gedanken und Ideen schon immer gern niedergeschrieben. Sie schlug das nagelneue rote Notizbuch auf. Ich werde eine Anzeige in der Schülerzeitung aufgeben, dachte sie. Das war die beste Methode, Mitglieder für ihren Club zu finden. Sie entwarf eine kurze Anzeige:
Magst du Krimis? Liest du gern ein spannendes Buch? Dann werde Mitglied im Mystery Club. Viel Spaß und Unterhaltung. Diskussionen, Büchertausch. Vielleicht einen eigenen Krimi schreiben? Meldet euch bei Holly Adams, Klasse 9b, Freitag in der Mittagspause.
Das müsste funktionieren, sagte sich Holly. Ich würde mich auf diese Anzeige auf jeden Fall melden. Sie schaute aus dem Fenster und ließ ihren Blick über den großen Garten und die hohen Bäume schweifen. In der Ferne sah sie die dunstigen Hügel von Yorkshire. Sie klappte das Notizbuch zu. Wer sich wohl melden wird?, dachte sie. Hoffentlich nettere Leute als Steffie Smith.